「先輩、なんて格好
してるんですかっ!」

# CONTENTS

Too Many LOSING Heroines

Too Many
LOSING
Heroines!
AMAMORI TAKIBI
presents
Illustration by
IMIGIMURU
雨森たきび
ILLUST. いみぎむる
負けヒロインが多すぎる！
vol 6

# 登場人物紹介

CHARACTERS

**温水和彦**《ぬくみず・かずひこ》
高校1年生。
達観ぼっちな少年。
文芸部の部長。

**八奈見杏菜**《やなみ・あんな》
高校1年生。
明るい食いしん坊女子。

**小鞠知花**《こまり・ちか》
高校1年生。
文芸部の副部長。
腐ってる。

**焼塩檸檬**《やきしお・れもん》
高校1年生。
陸上部エースの
元気女子。

**温水佳樹**《ぬくみず・かじゅ》
中学2年生。
全てをこなす
パーフェクト妹。

**月之木古都**《つきのき・こと》
高校3年生。
元・文芸部の副部長。

**志喜屋夢子**《しきや・ゆめこ》
高校2年生。
生徒会書記。
歩く屍系ギャル。

**玉木慎太郎**《たまき・しんたろう》
高校3年生。
元・文芸部の部長。

**綾野光希**《あやの・みつき》
高校1年生。
本を愛する
インテリ男子。

**朝雲千早**《あさぐも・ちはや》
高校1年生。
綾野のカノジョ。

**姫宮華恋**《ひめみや・かれん》
高校1年生。
圧倒的な
正ヒロインの風格。

**馬剃天愛星**《ばそり・てぃあら》
高校1年生。
生徒会副会長。

**放虎原ひばり**《ほうこばる・ひばり》
高校2年生。
生徒会長。

**小抜小夜**《こぬき・さよ》
養護教諭。
無駄に色っぽい。

**甘夏古奈美**《あまなつ・こなみ》
1−Cの担任。
ちっちゃ可愛い
世界史教師。

**権藤アサミ**《ごんどう・あさみ》
中学2年生。
高身長で、佳樹の親友。

**桜井弘人**《さくらい・ひろと》
高校1年生。
生徒会会計。

放課後、学校近くのスーパーマーケットはバレンタイン商戦が終わり、売れ残りのチョコが早くもホワイトデーコーナーに詰めこまれていた。

チョコの甘い香りに真新しい記憶をくすぐられながら、俺はその前を通りすぎる。

どこからか流れてくる聞き慣れた電子音が郷愁《きょうしゅう》を誘う。

ゆるゆるとカートを押していると、特設コーナーのひなあられに目が留まった。

……そういや来週、ひな祭りだっけ。

我が家にもひな人形があるが、幼少期の佳樹《かじゅ》は『これは自分とお兄様である』と主張し、周囲の大人を大いに困惑させたものだった。

「あ、これ」

俺はひなあられではなく、隣の駄菓子《だがし》を手に取る。

平たいパッケージの中に、桃色の小さな四角い餅が並んでいる懐かしの駄菓子だ。

「それ懐かしいね。つまようじに何個刺せるか、やんなかった？」

カートのカゴに食べ物をドサドサと放りこんできたのは、同じ文芸部の八奈見杏菜《やなみあんな》。

「やんなかった。こないだ志喜屋《しきや》先輩が食べてたから、ちょっと気になっただけだって」

「……志喜屋先輩？」

ジロリ。八奈見がなぜか俺を睨《にら》む。

「え、なに急に」

八奈見《やなみ》はそれには答えずに俺をジロジロと見つめてくる。

「温水《ぬくみず》君って最近ちょっとアレだよね。自分でもそう思わない？」

「思わないけど？　そもそもアレってなんだ」

八奈見は不機嫌そうにカートを押して歩きだす。

「つまりさ、温水の『ぬ』は――抜け駆けの『ぬ』だってこと」

「はあ」

気のない返事をする俺に、八奈見は非難がましい視線を向けてくる。

「うちらって恋人なんて作らない同盟の一員じゃん？　それなのに最近の温水君、ちょっと色気づいてやいませんかー」

そんな同盟は初耳だし、作らないと作れないの間には広くて深い溝がある。

そして最近、八奈見は溝の同じ側にいるような気がしてきた。

「志喜屋《しきや》先輩とはそんなんじゃないって。さあ、早く買い出しをすませて部室に戻ろう」

そう、俺と八奈見は月之木《つきのき》先輩の依頼でお菓子を買いに来ているのだ。

久々に連絡が来たかと思えば買い出しの依頼とは。そんなところも、実にあの人らしい。

八奈見は身を乗りだし、カートの買い物カゴをのぞきこむ。

「ポテチ全種類とチョコは入れたし、ジュースとお茶もあるね。足りないものはないかな」

俺も買い物カゴをのぞきこむ。

「大量のカップ麺《めん》は必要？　頼まれたのはお菓子とジュースなんだけど」

「あー、温水君って和食のコースや懐石料理《かいせきりようり》って食べたことないのかな？」

お、なんだこいつ。俺にケンカでも売ってるのか。

……だが待てよ、八奈見家ではカップ麺が正式な和食に分類されているのかもしれない。

悲しい予感に口ごもっていると、八奈見は俺の気も知らずに笑顔でカップ麺を掲《かか》げる。

「ああいうとこって食事の最後はご飯と汁物で締めるでしょ？　カップ麺には炭水化物もスープもあるから、一つで両方兼ねれるじゃん」

なるほど。俺は無表情で頷《うなず》く。

「分かったから、八奈見さんの食べる分だけに減らそうか」

「みんなのはなくて大丈夫？　お腹《なか》空いちゃうでしょ」

「空かないから大丈夫。浮いた予算でたい焼きでも買ってこうよ。ここ、甘味屋《かんみや》のテナントがあったし」

たい焼きと聞いて八奈見の瞳がキラリと光る。

「団子《だんご》もあったよね。よし、じゃあ私の食べるカップ麺は――これに決めた！」

八奈見が笑顔で掲げたのはカップ焼きそばだ。

「……汁物成分はないけど大丈夫？　話が違わない？」

「だって食べたいし」

そうか、食べたいなら仕方ない。

俺がレジに並んでいると、カップ麺《めん》を棚に戻してきた八奈見《やなみ》が軽くヒジでつついてくる。

「ねえ。どうして月之木《つきのき》先輩、買い出しをお願いしてきたんだと思う?」

「え? そりゃいいことでもあった……」

言いかけた俺は口を閉じる。

——2月も終盤。大学受験のシーズンも佳境《かきょう》を迎えている。

月之木先輩はすでに5つの大学に落ちていて、残るは1つ。

小鞠《こまり》から伝え聞く話によれば、ラストの1つも望みは薄い。

確か今日あたりが最後の合格発表だったはず。

曇《くも》る俺の表情を見て、八奈見がコクリと頷《うなず》く。

「あの人なら、合格したら最初に自慢《じまん》してくるでしょ? これってきっと、お祝いじゃなくて
——ヤケ食いだよ。うん、間違いない」

反論しようとしてしばし考え、

「……ああ、そうだな。間違いない」

俺は深く頷いた。

明日から始まる月之木先輩の長い浪人生活。
今日ぐらいは優しくいたわってあげるとしよう……。

# ～1敗目～　潮風の告白

ツワブキ高校文芸部の部室は西校舎のはずれにある。

俺と八奈見《やなみ》は買い物袋を手に提げて、部室に続く廊下を歩いていた。

「もう一度確認するぞ。今日は受験の話は一切ださずに、楽しい話題だけ口にする」

「大丈夫だってば。私の面白トークのレパートリー、信用してよ」

よし任せたぞ。信用はしてないけど。

部室に到着《とうちゃく》した俺たちは深呼吸《しんこきゅう》をしてから扉を開ける。

「ただいま戻りました……」

中には小鞠《こまり》が一人だけ。椅子《いす》の上に立ち、壁に飾りつけの作業中だ。

「お、遅かったな。二人とも準備、手伝え」

「先輩はまだ来てないんだな」

小鞠は椅子からフラフラと降りると、長い飾《かざ》りを俺に差しだす。

細長く切った折り紙を輪っかにして、長くつなげたやつだ。

八奈見が横からのぞきこんでくる。

「これってあれだよね。お誕生会とかで飾りつけするやつ」

「う、うん。やっぱ、この方が雰囲気、でる」

照れ笑いする小鞠に向かって、俺は首を横に振る。

「小鞠、先輩を元気づけるのはいいけど、さすがにこれはやりすぎだろ」

「だね、ちゃんと白と黒の紙を使って作らないと」

それもどうかと思う。

「うぇ？　で、でも先輩……」

その時、廊下からバタバタとにぎやかな靴音が響いてきた。

思わず視線を扉に向けると、部室の前で音が止まる。

一瞬の間をおいて、勢いよく扉が開いた。

「久しぶり！　みんな元気にしてたかな？」

満面の笑みで現れたのは文芸部元副部長、月之木古都《つきのきこと》。

見慣れた二つ結びの髪。最後に見た時より少しやせ、長いまつ毛に囲まれた二重の瞳はレンズ越しに見るよりずっと大人びていて――。

「ひょっとしてコンタクトにしたんですか⁉」

「あら、気付いた？」

月之木先輩はニヤリと笑う。

卒業を間近に控えて大幅なキャラ変とは、なんという怖いもの知らず。

先輩は優雅《ゆうが》に足を踏みだして——おもいきりテーブルにぶつかった。

「イタタ……やっぱ眼鏡しないと見えないわね」

手探りで椅子《いす》に座ると、ポケットから取り出した眼鏡をかける。なんでそんな嘘《うそ》ついた。

「二人とも買い出しありがとね。えーとお金は」

ポケットをゴソゴソしている月之木《つきのき》先輩に向かって、八奈見《やなみ》がたい焼きをズバッと差しだす。

「月之木先輩！　生きていれば色々あると思いますが元気出してください！」

「ん？　よく分かんないけどありがと。このたい焼き、歯形ついてない？」

先陣を切った八奈見に続き、俺はコーラを注いだマグカップを先輩の前に置く。

「1年くらいどうってことないですって。むしろお務《つと》め帰りみたいで箔《はく》がつきますし」

八奈見もブンブンと首を縦に振る。

「そうです！　うちの父さんは若い頃はブラブラしてたけど、いまはわりとなんとかなってます！　だから先輩も大丈夫ですよ！」

月之木先輩はたい焼きをかじりながら首をかしげる。

「ねえ、ちょっと待って。二人とも勘違いしてない？」

……あれ、思ってた反応と違う。なにか地雷《じらい》を踏みぬいたか。

「そうだ、小鞠《こまり》からもなにか口当たりのいい無責任な言葉を」

苦しまぎれに助けを求めると、小鞠は首を横にフルフルと振っている。

「せ、先輩……大学、受かった」

「「えっ」」


絶句する俺と八奈見に向かって、月之木先輩は得意気にマグカップをかかげる。

「私、月之木古都《こと》。ついに大学に合格しました」

しばらく黙っていた八奈見はコホンと咳払《せきばら》い。

「……私、最初から信じてました。温水《ぬくみず》君と違って」

お前が落ちたって言いだしたんだろ。

まずい、このままじゃ俺だけが悪者になるぞ。

「先輩！ それでどの大学に受かったんですか？」

「あれ、そういやどこだっけ」

全力で話題をそらすと、月之木先輩は首をかしげてスマホをいじりだす。

……待て。この人、本当に受かってるんだろうな。部室に走る緊張感《きんちょうかん》。

「あ、これこれ。ログイン画面に『合格』って出てるでしょ？」

差しだされたスマホの画面を３人でのぞきこむ。

「……えーと、名愛《めいあい》学院の経営学科ですね」

「名愛《めいあい》？　へーえ、私4月からそこに通うのか」

「はい、通ってください。他は全部落ちてるんだし」

合格を確認し、ようやく月之木《つきのき》先輩の祝賀会《しゆくがかい》が始まった。

今日ばかりは無礼講《ぶれいこう》。八奈見《やなみ》がポテチの袋を手当たり次第開けても、怒る人はいないのだ。

「あれ、八奈見さん。ポテチの白しょうゆ味、もう全部食べたの？」

「まだ一袋あるから大丈夫――って、スーパーからの帰り道に食べたんだっけ」

いつの間に。俺は一枚も食ってないぞ。

八奈見は3種類のポテチを重ねて食べながら、月之木先輩にたずねる。

「じゃあ先輩、4月から下宿するんですか？」

「そのつもり。明日、知り合いの不動産業者と会うことになってるの」

先輩は言いながら、どこかさみしそうな笑みを浮かべる。

名愛大のある名古屋と豊橋《とよはし》は愛知県の西と東。ここから通う人もいるが、この人なら絶対サボる。間違いない。彼氏が近くにいれば多少はマシだろうが――。

「そういえば玉木《たまき》先輩は受験勉強、順調ですかね」

玉木慎太郎《しんたろう》。元部長で月之木先輩の彼氏だ。

名古屋の国立大学が本命で、滑り止めも受けていない。

「明日が二次試験よ。いまは最後の追いこみ中ってところね」

何気なく言うとポテチを一枚、口に入れる。

口調とは裏腹に、瞳に浮かんだ不安そうな色。

「た、玉木先輩なら、だい、じょうぶ」

小鞠《こまり》は独り言のように呟《つぶや》くと、烏龍茶《うーろんちゃ》の入ったカップをギュッと握りしめる。

「だね、部長さんなら大丈夫だよ」

そう言って小鞠の頭をなでる八奈見。ちなみに今の部長は俺だぞ。

月之木先輩は苦笑いをしながら、チョコの大袋を開く。

「なんか気をつかわせちゃったね。さ、買ってきた食べ物全部食べつくすわよ！」

「そ、そんなに食べられ──」

言いかけた小鞠の視線の先、八奈見がポテチの残りをザラザラと口に流しこんでいる。

「ん？　小鞠ちゃんもこれやりたいの？　ちょっと待って、もう一袋開けるから」

「うえっ?!　わ、私は別に、その」

「ポテチは喉《のど》で味わうのが通《つう》なんだよ。はい、上向いて口開けてー」

断りきれずにポテチを喉に流しこまれる小鞠。見た目は完全に新手《あらて》の拷問《ごうもん》だ。

月之木先輩はみたらし団子《だんご》を食べながら、そんな光景を優しく見守っている。

俺はその前に湯呑《ゆのみ》を置く。

「熱いお茶淹《い》れましたから、ここ置いときますね」

「あら、気が利くわね」

「今日は先輩がスポンサーですからね。ちやほやさせてもらいます」

熱そうにお茶をすすりながら、月之木《つきのき》先輩が流し目を送ってくる。

「新歓《しんかん》はどうよ。なんか準備してる？」

「まだなにもしてないですね。こうして先輩も部室に来てくれるし、なんだか2年になる実感がわかないっていうか」

俺が正直に答えると、月之木先輩が楽しそうに笑う。

「そうね、私も卒業するって実感がないわ」

言って団子《だんご》の串をクルリと回す。

「卒業式が終わった次の日の朝。今日から高校に行かないんだって気付いて、そこで初めて分かるんだろうね。新しい居場所に移る時が来たんだって」

……卒業式まであと一週間。

まだ先だと思っていたが、別れの時は目前に迫っている。

「でもギリギリまで部室に顔出すかも。引っ越すまで暇《ひま》だし」

「まあ、それはいいですけど」

ワチャワチャ騒《さわ》ぐ八奈見《やなみ》と小鞠《こまり》を眺めつつ、二人でなんとなく黙りこむ。

ぼんやりと沈黙を味わっていると、

「先輩、おめでとうございまーす！」

勢いよく扉が開いて、焼塩《やきしお》が飛びこんできた。

「お、焼塩ちゃんも来てくれたんだ。久しぶりだね」

「ですね。ぬっくんが絶対落ちるだろうって言ってたから、心配してたんですよ」

「ほほう、温水《ぬくみず》君が」

……俺、そんなこと言ったっけ。言った気もする。

俺はもう一度お茶を淹《い》れにそそくさと席を立つ。

急須《きゅうす》にお湯を注いでると、たい焼きを手にした焼塩が隣に並ぶ。

「あたしの分も淹れてもらっていい？」

「いいけど、烏龍茶《うーろんちゃ》とコーラも買ってあるから」

「んー、ちょっと身体《からだ》冷やしたくないかなって」

焼塩にしてはめずらしく歯切れが悪い。

そしてなぜか八奈見たちの様子をチラチラとうかがっている。

「お茶なら俺が淹れるから、焼塩は座っていいぞ」

「……ねえ、日曜って用事ある？」

突然、焼塩がそんなことを言いだした。もちろんなにもない。

「まあ、暇だけど。そんなこと聞いてどうすんだ」

不思議に思って聞き返すと、焼塩《やきしお》は身体《からだ》を俺に寄せてきた。

制汗剤のシトラスの香りがフワリと舞って。

肩と肩がトンと当たる。

そして俺の耳元を、焼塩の囁《ささや》き声がくすぐった。

「――じゃあ、ぬっくん。あたしとデートしよっか」

◇

帰宅後。自宅の階段をのぼりながら、俺は焼塩の言葉を頭の中で繰り返していた。

――デート。

定義には諸説《しょせつ》あるが、誘う側が明言している以上、完全にデートだ。

まさか自分の高校生活にそんなイベントが起こるとは……。

うわつく心を抑えながら自室のドアを開けると、部屋にはメジャーを手にした佳樹《かじゅ》がいた。

「佳樹、いたのか」

「お兄様、おかえりなさい！」

メジャーを机に置くと、俺の背後に回ってブレザーを脱ぐのを手伝ってくる。

「今日もお疲れさまでした。夕飯はお兄様の好きなブリ大根ですよ」

「へえ、楽しみだな」

佳樹はブレザーをハンガーにかけると、手早くネクタイをほどきだす。

なすがままにされながら、俺は机に置かれたメジャーを一瞥《いちべつ》する。

「さっきはなにを計ってたんだ？」

「ちょっと部屋の模様替《もようが》えをしようかなって」

そうなのか。でもここ、俺の部屋だぞ。

「えーと、模様替えは必要ないんじゃないかな。このままで問題があるのか？」

佳樹はほどいたネクタイを手に、可愛《かわい》らしく首をかしげる。

「はい、実は佳樹のベッドをここに置けないかなって」

「置かないぞ」

「じゃあ、ついにダブルベッドに?!」

「しないぞ」

やれやれ、まったく佳樹は相変わらずだな。

……先日のバレンタインデー。佳樹と少しばかり悶着《もんちゃく》があった。

変わっていく兄妹の仲。そこに感じていた不安。

俺たちの間に足りなかった言葉を積《つ》んで、少しは分かりあえたと思う。

気になるのはあの日以来、ちょっとばかり佳樹《かじゅ》の距離が近いことくらいだ――。

佳樹がネクタイをしまっている後ろから、クローゼットをのぞきこむ。

そういえばデートって、どんな服を着ていけばいいんだろ。

「あれ、去年買った服ってどこいった。ほら、英字新聞柄の」

「あの服は虫が食っていたので捨てました。英字部分がクッキリと穴に」

え、そうなんだ。そんなこともあるんだな。

「じゃあ、さりげなくドラゴンがプリントされたシャツは知らないか？」

「ドラゴンはさりげなく空に飛んでっちゃいました。今年の冬は風が強かったので」

そうか、豊橋《とよはし》は風が強いしな。そうなると残る服は無地ばかりだ。

「……週末着ていくには、ちょっと地味すぎないかな」

ふともらしたひと言に佳樹の瞳がギラリと光る。

「お兄様、どこかにお出かけするんですか？」

「え？　いや……」

俺は「まあ」とか「ちょっと」とか適当にごまかしながらクローゼットを閉じる。

デートの予定を妹に教えるのって――なんだかシスコンっぽくて恥ずかしいし。

◇

デート本番の日曜日は、不安になるほどの晴天だった。

風もなく、２月終わりの日差しは思いのほか春の気配を含んでいる。

俺は豊橋から快速で１２分。蒲郡《がまごおり》駅近くの竹島《たけしま》水族館の前にいた。


――焼塩《やきしお》はなぜ俺をデートに誘ったのか。


何度目か分からない自問自答。

通常、デートというのは多少なりとも好意を持つ男女が遊びに出かけるものだ。

だがグループデートなる言葉もある通り、世間ではもう少し広義に解釈《かいしゃく》されているらしい。

それを踏まえると、焼塩ほどモテる女子が俺を好きかもとか、妄想《もうそう》にもほどがある。

「……ちょっと、からかわれただけだよな」

口に出して自分を納得させる。

周りには内緒で、二人きりで水族館――。

シチュエーションに思うところはあるが、これを恋愛フラグと思うほど初心《うぶ》ではない。

ただ、焼塩の気分転換《きぶんてんかん》に付き合わされただけだ。うん、違いない。

そう結論付けると、落ち着かなくジャケットの襟《えり》を直す。

今日の俺は佳樹《かじゅ》のコーディネートに身を包んでいる。

佳樹が父親のタンスから拝借《はいしゃく》してきたジャケットに薄手《うすで》のタートルネック。

俺には大人っぽいが、父親が着るには若すぎる。買ったはいいがタンスの肥やしとなっていたパターンだろう。

水族館に来るのは数年ぶりだが、まったく変わりのない雰囲気になぜだかホッとする。

長い歴史を感じさせるこぢんまりとした建物は、俺の祖父母の代から現役らしい。

その見た目にかかわらず、親子連れを中心に客は多い。

水族館に隣接《りんせつ》するビルの一階はかつて土産物屋《みやげ》だったらしいが、いまでは閉鎖《へいさ》されている。

ノスタルジーとにぎやかさ。タイムスリップでもしたような感覚に包まれていると、駐車場の方から一人の若い女性が歩いてきた。

ショートカットに包まれた、日焼けした小さな顔は見間違えるはずもない。焼塩《やきしお》だ。

手を上げかけた俺はその姿に一瞬、気圧《けお》される。

焼塩の格好はタイトなミニスカートと、袖《そで》がブカブカのフンワリしたニット。

シンプルな格好だが、焼塩のスタイルと合わさるとやたらと目をひく。

……焼塩、こんなに美人だったたっけ。

怖気《おじけ》づいて固まっている俺に気付くと、焼塩は軽く手を振ってきた。

「お待たせ、ぬっくん。どうしたの固まって」

「え、いや、なんでもないです」

思わず敬語になる俺。そりゃ可愛《かわい》いのは知ってたが、これは不意打ちだよな……。

「えっと、じゃあさっそく入場券買いにいこうか」

「ぬっくん、待ってよ」

逃げるようにチケット売り場に向かう俺の腕に、焼塩が手を回してきた。

焼塩が耳にかかった髪をかきあげると、小さなイヤリングがキラリと光る。

「なんかさ、先に言うことあるんじゃない？」

……なんだっけ。待ち合わせは遅れてないし、お金だって借りてない。

まさかデートイベントにつきものの、例の会話だというのか？

「あ、えーと……今日の焼塩はとてもオシャレで」

「オシャレで？」

「とても良い、と思います……」

しどろもどろで言い終えると、焼塩は白い歯をのぞかせながらニコリと笑う。

「よし、ゆるしたげる」

ゆるされた。

「さあ、早くしないと売り切れちゃうよー」

「いや売り切れは――って、引っ張るなって」

上機嫌の焼塩《やきしお》に引っ張られながら、俺は流れる汗をハンカチでそっと押さえる。

間違いない。半信半疑《はんしんはんぎ》どころか9割疑っていたが、完全に見誤《みあやま》った。


これはお遊びではない。ガチデートだ。

◇

竹島《たけしま》水族館の展示室は1階部分のみで、決して大きくはない。

歩くだけなら数分で回れるほどの広さだが、人気施設なのには理由がある。

「ねえぬっくん。カブトガニってあんまし美味《おい》しくないんだって」

「あいつら血が青いしな」

そう、この水族館は職員による手書きの説明文に工夫が凝《こ》らしてあり、特に食レポが好評なのだ。八奈見《やなみ》なら一日つぶせる。

説明を読みながら順に魚を見ていると、次に現れた水槽に焼塩が歓声をあげた。

「うわ、ウツボめっちゃいるじゃん！」

焼塩の過不足ない説明の通り、少し大きめの水槽の中では10匹ほどのウツボがグネグネとうねっている。

説明文を見ると水槽には８種類のウツボがいるようだ。

水槽を食い入るように見つめながら、焼塩が不思議そうに呟《つぶや》く。

「ウツボにこんだけ種類必要？　あたし見分けつかないよ」

誰に対する文句だ。神様か。

「必要だろ。ほらあれだ。えっと、生物の多様性とか……うん、そんな理由で」

「あー、タヨウセイか。それじゃ仕方ない」

偏差値低めの会話を交わしつつ先に進んでいくと、今度は通路の真ん中に背の低い大きな水槽が現れた。３畳くらいの大きさで、横からだけではなく、上からも中が見られるのだ。

歓声をあげながら近付く焼塩を、ヤレヤレ感をだしながら追う。

……なんか普通に話せてるな。正直、デートという単語に今も緊張しているが、焼塩がいつも以上に焼塩なので普段通りにふるまえている。

いるよな？　俺、キモい動きとかしてないだろうな。

「おーい、ぬっくんも早くおいでよ！」

「あ、ああ」

焼塩と並んで水槽をのぞきこむと、中には板状のサンゴが層のように積み重なっていて、その周りを色とりどりの熱帯魚が泳いでいる。

それまで続いていた会話が途切れ、ゆらゆら泳ぐ熱帯魚が俺たちの瞳に映る。

――こうやって二人で黙っていると、去年の夏を思い出す。

深夜の神社で草と土の匂いに包まれて、俺の隣で涙にくれていた焼塩《やきしお》。

いまは着飾って俺の横にいて、鼻をくすぐる香りは化粧《けしょう》と香水。

ふと視線を向けると、焼塩のブラウンの瞳が俺を見つめていた。

「ぬっくん、どうしたの」

「え、いや、焼塩こそ」

言葉に詰まる俺に向かって、焼塩が大人びた笑みを浮かべる。

「キレイだね」

「ああ、うん」

俺は照れ隠しに視線を水槽に落とす。

水面に映った焼塩ともう一度目が合って、俺たちは思わず笑った。


焼塩のイヤリングが水面の光を受けてキラキラと揺れている。

それが水面に映り、俺の瞳に映って。


水族館のにぎやかさが、なぜかとても遠く感じる。

熱帯魚と焼塩の姿を水面越しに重ねながら、俺は静かにその場に立ち続けた。

◇

展示されているカピバラをガラス越しに眺めていると、焼塩がポツリポツリと話しだす。

「こうやって並んでると、あの晩のこと思いだすね。ほら、一緒にアオキ小に行った」

「……去年の夏の話か？」

焼塩が小さく頷《うなず》く。

夏休みの終わり頃。焼塩が綾野《あやの》と最後に話すため、約束の場所まで二人で夜道を歩いた。

終わった恋の後始末。

あの夜、綾野と交わした会話の中身も、焼塩の気持ちも俺には分からない。

だけどあの時の思い出が、焼塩の中では大事な欠片《かけら》となって残っている。

その欠片はまだキラキラと輝いていて、他の恋が入りこむ余地なんて――。

と、焼塩の視線が俺を感傷的な物思いから引き戻した。

「……え、なに？」

焼塩は無言で俺をじっと見つめている。

ドギマギしながら目を合わせようとすると、
ツイッ――と目を逸《そ》らされる。

ええ……なんか怒らせるようなことしたっけ。

仕方なく次の水槽に向かおうとすると、再び焼塩《やきしお》の視線を感じる。

もう一度視線を向けると、素早く顔を逸《そ》らす焼塩。

口元は笑いをこらえ、肩が小刻みに揺れている。

……こいつ、俺をからかってるな。そういうつもりならこっちも本気だ。

俺は素知らぬ顔で歩きだそうとして、いきなり焼塩に向き直る。

「ちょっ、フェイントは卑怯《ひきょう》じゃない⁉」

「勝負に卑怯もなにもないだろ。はい、これで同点だ」

軽く言って足を進める。

「まだ2対1で私がリードしてるって」

異議をとなえて追ってくる焼塩。

しかしこれも作戦だ。俺は前触れなしに振り返る。

だが焼塩は俺が向き直るより早く横に回りこみ、頬《ほお》を指でつついてきた。

「はい、これで3対1ね」

くっ……いいように弄《もてあそ》ばれてる。というかこのゲーム、ルールはどうなってるんだ。

「ほらほら、ぬっくん。あたしを見つけてごらん」

焼塩め、今度は俺の背中に隠れるつもりだ。

振り向こうとすると、焼塩は俺の肩を両手でつかんでヒラリと身をかわす。

「はい、これで４対１！」

「肩つかむなって」

……マズイ、なんだか周りの視線を感じるぞ。

事情を知らない人から見たら、俺たちはただのバカップルだ。

「分かった、降参《こうさん》だ。そろそろ勘弁《かんべん》してくれ」

「えー、あきらめるの早くない？」

「周りに迷惑だし。ほら、次行くぞ次」

「はーい」

焼塩はワザとらしく舌を出すと、俺の背中を押して歩き出す。

やれやれ、今日の焼塩ははしゃぎすぎだ。

俺はあえて真面目な表情をしようとしたが、なぜだか口元が緩《ゆる》んでしまう。

「知らなかったな……」

俺は思わず小声で呟《つぶや》く。

デートって――なんか楽しいぞ。

◇

人生初のデートは順調に進んでいた。

トイレから出た俺は、焼塩《やきしお》の姿がないことを確かめると、胸に手を当てて深呼吸をする。

視線を奪い合う謎ゲームのあとは、相手の前に割り込んで視界の邪魔をする——という遊戯が始まった。

やってることは完全に小学生だ。だがデートという前提があるだけで、それがバカップルのイチャイチャに変わるのだ。

この発見、誰かに教えたい。次の小説に反映して八奈見《やなみ》と小鞠《こまり》に意見を求めよう。

「……いや、ちょっと落ち着け俺」

確認だ。俺と焼塩はただの友達、単にデートをしているだけ。

焼塩的には小学生レベルではしゃいでいるにすぎないのだ。

改めて自分に言い聞かせていると、視界の端にチラリと影が走った。

……あのシルエットには見覚えがあるぞ。

具体的には、部室の隅で本を読むか悪態《あくたい》をついてくる、例の小さな生き物だ。

訝《いぶか》しく思いながらそちらに向かおうとすると、

「ぬっくん、どうしたの」

焼塩の声が俺の足を止めた。

「ああ、あそこになにかいた気がして」

「それってあれじゃない？」

予想外に食いついた焼塩が、俺の肩越しに通路の奥を見つめる。

「動物園でガチョウとか放し飼いにしてるとこあるじゃん。きっとなにか放し飼いにしてるんだって」

「ここ水族館だから干からびるぞ」

「水かけたら戻るって。それよりそろそろ時間だよ」

おっと、それどころじゃない。これから水族館の花形であるアシカショーが始まるのだ。

俺たちは自動ドアをくぐって屋外スペースに出る。

ショーのステージは文芸部の部室2個分くらいの大きさで、ステージの前にはその倍くらいのプールがある。要するにアットホームな雰囲気ということだ。

客席は階段状になっていて、5段しかないその3段目に俺と焼塩は腰を下ろした。

焼塩は懐かしそうにあたりを見回す。

「ショー見るの5年ぶりくらいかな。全然変わんないね」

俺も何年ぶりだろうか。親と遊びに出かけることも少なくなって、気がつけば週末は家族がそれぞれ自分の時間を過ごすようになった。

さびしいとまでは感じないが、少しばかり早かったかなと、いまとなってはそう思う。

「俺は妹が小学校に上がった頃が最後だな。下の兄弟がいないと、なかなか来なくなるし」

「かもね。あたしも小6の妹いるんだよ」

え、こいつお姉さんキャラだったのか。

朝雲《あさぐも》&焼塩《やきしお》コンビとのお姉ちゃんプレイが頭をよぎったのは、決して俺のせいではない。

「これが大人しくて頭よくてさ。……ぬっくん、あたしと逆とか思ってない？」

「なんで分かった」

正直に答えると、焼塩はジト目で俺の耳を引っ張ってくる。痛い。

理不尽な暴力に耐えているうちに、周りに観客が増えていく。

立ち見客も出始めた頃、ステージにさりげなくお姉さんと一頭のアシカが現れた。

その場で軽く動きを合わせると、さっそくショーが始まった。

お姉さんが投げた輪っかを、アシカが上手に首にかけていく。

「ぬっくん、見てよ！　あのアシカめっちゃすごくない?!」

焼塩が興奮気味に指をさす。

やれやれ、16歳になっても焼塩はまだまだ子供だな。

確かにお姉さんの輪投げの腕はすごいし、それに応えるアシカとの絆《きずな》は揺《ゆ》るぎない。

……いや、子供の頃は気付かなかったが、なかなかレベルが高いぞ。

ショーは決して派手なものではなかったが、ラストのプールを使ったジャンプが成功すると、俺は自然と拍手をしていた。

「最後のジャンプ見たか？　やっぱここに来たらアシカのショーを見ないとだな！」

「あ、うん。そうだね……」

同じくはしゃいでいるかと思いきや、焼塩は俺の方に伸ばしかけた右手を浮かせて、なんかモジモジとしている。

「？　どうした焼塩。虫でも捕まえたのか」

「えーと、その……」

ショーが終わり、観客が建物に戻っていく。

と、いきなり焼塩が跳ねるように立ち上がった。

「ぬっくん、あたしちょっと電話してくるね！」

「え？　ああ、ごゆっくり」

「すぐ戻ってくるから！」

スマホを取りだしながら建物に入っていく焼塩。

俺は人のいなくなった観客席にポツンと取り残される。一体なんなんだ。

と、焼塩が座っていた場所に、二つ折りの小さな紙が落ちているのに気付いた。

バスの時間でもメモってきたのだろうか。

なに気なく手に取ると、折った紙の内側、やけに可愛《かわい》い丸文字が目に入る。

【STEP1　手を繋《つな》ぐ】

自分から手を繋ぐのはNG！　男の子から握ってくるようにさりげなくアピールを！

……ナニコレ。ホントになんだこれ。えっと、焼塩《やきしお》がなんでこんな紙を持ってたんだ。

STEP2以降もあるようだが——これは見なかったことにしよう。

「でも俺、あいつと手を繋いだことくらいあるよな……？」

じゃあこのメモはなんなんだ。俺は混乱しながら腰を上げる。

突然の電話——謎のメモ——こないだ読んだ漫画だと、ここから衝撃の展開に——。

そんなことを考えながら建物に向かっていると、視界の端でピョコリとなにかが動いた。

観客席の裏側に誰かいるらしく、俺の肩くらいの高さで、小さく結んだ髪の毛がチラチラと見え隠れしているのだ。

…………やっぱりあいつだよな。

足音を忍ばせ、観客席裏にいるピョコピョコの正体を確認する。

俺の肩ほどの背丈。片方で小さく結んだボサボサの髪をした小娘がこちらに背を向けている。

声をかけようとした俺は、その後ろ姿を見て思いとどまった。

そいつの服装は派手な黄色のパーカーにショートパンツ姿。

缶バッジとアクセサリーをジャラジャラつけた緑色のリュックを背負い、足元には同じく緑のスニーカー。

髪型もシルエットもどう見ても小鞠《こまり》だが、なんだこの格好。

後ろからのぞき込むと、小鞠（仮）はスマホでさっきのアシカショーの動画を見ている。

「よ、よく撮れてる……」

「小鞠、どうしたその格好」

「うなっ⁈」

勢いよく飛びすさった小鞠は、スマホを握りしめたまま口をパクパクさせている。

見慣れない服装に、いつも以上に不審な態度。ひょっとして――。

「それ、変装のつもりか？」

小鞠はブンブンと首を横に振る。

「わ、私、小鞠違う！」

んなわけあるか。

デートの件は誰にも話してない。部室での様子を見る限り、焼塩も文芸部の他の連中には内緒のはず。にもかかわらず小鞠がここにいるということは……。

「小鞠、このこと誰に聞いた？　お前の他にも誰か来てるのか？」

「え、えと、他、には」

「ほ・か・に・は？」

俺がさらに詰め寄ると、小鞠《こまり》は恨めし気に顔を上げた——目に涙を一杯に浮かべて。

「へっ⁉　いや、別に責めてるわけじゃないからな？　えっと、ガムあるぞ。フーセンとか作れるやつ」

小鞠は素直にガムを受け取ると、口に入れながらボソリと呟《つぶや》く。

「……そ、そもそも私、小鞠違うし」

いや、お前は小鞠だ。とはいえ今回ばかりは俺が悪かった気がする。

「えーと、ごめん。俺の言葉が悪かったな。それとその格好も——」

小鞠の派手可愛《かわい》い服装を改めて見下ろす。

「うん、可愛くて似合ってるぞ」

「ぐっ⁉」

どうした小鞠、ガムをノドに詰まらせたか。

「大丈夫か？　そういう時は肩甲骨《けんこうこつ》の間を強めに叩《たた》くといいらしい」

小鞠はゲホゲホとひと通り咳《せ》きこむと、俺をキッと睨《にら》みつけ、

「し、死ねっ！」

そう言い残して走り去る。よく分からんが元気そうで良かった。

だけど小鞠《こまり》のやつ、どうしてここにいたんだろ。本当に俺たちを尾行してきたのか……？

と、小鞠と入れ替わるように焼塩《やきしお》が姿を現わした。

「焼塩、さっき小鞠が」

言い終わるより早く、小麦色の弾丸が目の前を走り抜けた。

焼塩はひと飛びで観客席に上ると、俺たちが座っていた場所でなにかを探している。

「えーと、なにしてるんだ」

近付いて声をかけると、焼塩が切羽《せっぱ》詰まった表情で顔を上げる。

「ぬっくん！　ここに紙が落ちてなかった⁉　掌《てのひら》くらいの小さな紙！」

やっぱあれ焼塩のか。俺は無言で紙を差しだす。

「拾ってくれたんだ！　よかった、見られたらどうしようって――」

焼塩は笑顔のままでコトンと首をかしげる。

「……見た？」

「チラリと見たけど」

焼塩は真顔に変わると、勢いよく上着の襟《えり》をつかんでくる。

「違うの！　いらないって言ったのにママがくれたから！　それだけだからねっ⁉」

「中身は読んでないって！　ほら、深呼吸して手を放そうか。はい、スーハー」

「うん、スーハー」

落ち着いた焼塩が手を離す。

「で、その紙はなんなんだ」

「デートの心得というか、そんな感じのそんなやつ。ママにデート行くって言ったら、はしゃいで洋服も貸してくれたし」

え、そのミニスカートって焼塩母の服なのか。

特に理由はないけど、なんかドキドキしてきたな。特に理由はないけど。

「だけどデートくらい、これまでも綾野《あやの》と――」

言いかけた俺は言葉を飲みこんだ。

焼塩は俺の胸をノックするようにトン、と叩《たた》く。

「別に気にしなくていいって。光希《みつき》と二人で出かけてもデートとは違うじゃん？　なんていうか、デートはデートだぞって宣言しないと数に入んないし」

同感だ。どこかの大飯喰《ぐ》らいと違っていいことを言う。

くるりと背を向けると、焼塩は鼻歌混じりで建物に向かう。

追いかけて自動ドアをくぐると、焼塩が入ってすぐの部屋の入口から俺を手招きしてきた。

「ねえ、こっち来てよ」

「ん、なんかあるのか？」

素直に部屋に入ると、そこは他より照明が暗めで、奥にはライトアップされた六角形の水槽がある。中にはクラゲが浮いていて、俺と焼塩《やきしお》は無言でその前に並んだ。

流行《はや》りの色鮮やかな照明ではなく、白い灯りに照らされたクラゲがふらふらと漂《ただよ》っている。

すぎていく、言葉のいらない時間。俺はどことなく座りが悪くて、口を開く。

「……まるで本当のデートだな」

ふと口にした言葉に、焼塩がヒジをつねってくる。

「最初から本当のデートだってば。ぬっくん、ちょっと失礼すぎじゃない？」

いやまあそうだけど。焼塩は口をとがらせて俺を睨《にら》むフリをする。

「さっきだってノリノリだったじゃん。フェイントまで使ってきたし」

それってさっきのバカップル――じゃなくて、小学生みたいなじゃれ合いのことか。

「そりゃ反射神経じゃ焼塩に勝てないし」

「ふうん、ぬっくんはあたしと目を合わせるのは嫌なんだ？」

「いや、そういうわけじゃ……」

言いわけしようとした俺の瞳を、焼塩が正面から見つめてきた。

「はい、スタート。目をそらしたら負けね」

へ？　なにその勝負。焼塩の真剣な表情が、俺のすぐそばにある。

「いや、待っ――」

「しゃべってもダメだよ？」

薄暗い水族館の片隅。白く光るクラゲをバックに、目の前には焼塩の小さな顔。

長い睫毛《まつげ》がまばたきするたびに揺れる。

日焼けしているにもかかわらず、きめ細かい綺麗《きれい》な肌。

少し薄めの唇にひかえめな笑み。深い茶色の瞳には俺が映っている。

香水の甘い香りに頭の芯がじんとしびれる。

……さすがにこれ以上は限界だ。降参《こうさん》しようとした矢先、

「……はい、引き分け」

焼塩は少し照れたようにうつむきながら後ろずさる。

「え？　ああ、そっか引き分け……」

ぼんやりとした頭で繰り返すと、

「さ、ぬっくん次行くよ！」

小走りでその場から去る焼塩の背中を追った――。

◇

「ぬっくんって思ったより怖がりだね。ほら、ちゃんと触って？」

「でも……いざとなると怖いっていうか」

怖気《おじけ》づいて身を引くと、焼塩《やきしお》が悪戯《いたずら》っぽい表情で間をつめてくる——。

デートはまだ続いていて、俺たちが次に来たのはタッチコーナー。

海の生き物に気軽に触れる、どこの水族館でも人気のエリアだ。

「だってほら、タッチコーナーって普通はヤドカリとかヒトデだろ？　タカアシガニがいるなんて、草野球の代打で大谷が出てくるようなもんだって」

そう、ここのタッチコーナーには全長1mを優に超えるタカアシガニがいるのだ。

見た目からして普通じゃないし、さっきラスボスみたいな顔して水槽展示されてたんだぞ。

「大谷と握手できるなら全然いいじゃん。ほら、ゴツゴツして可愛《かわい》いよ」

「ちょっ！」

焼塩は俺の手を強引につかむと水の中に突っこむ。

無理矢理触らされたタカアシガニの甲羅《こうら》は、予想通りにゴツゴツだ。

「触った！　触ったから！」

俺は手を引き抜く。まったく、さっきはちょっとドキドキしたが、中身はやっぱり焼塩だ。

「……あんなメモ見なくても、普通に手とか繋《つな》いでくるじゃん」

「メモ？」

しばらくキョトンとしていた焼塩の顔が見る間に赤くなる。

「やっぱ見てんじゃん！　だからあれはママが——」

言いかけた焼塩の口元に、子供のような笑みが広がる。

「え、なに？」

「あっちにオオグソクムシがいるよね」

オオグソクムシ。海のダンゴムシみたいなものだが、子供の掌《てのひら》くらいの大きさがある。

なぜこれに触ろうとするのか。そして触らせようとしたのか、関係者を問い詰めたい。

「触ったら手を洗わないとな。ほら早く次行こう」

さりげなく逃げようとする俺の手を、焼塩が力強く握ってくる。

「さ、次はオオグソクムシだね。はい、ぬっくん行くよー」

「ちょ、ちょっと待って！　俺、虫とか苦手だし――とりあえず手を離して？」

「えー、あたし手とか普通に繋いじゃうしなー」

こいつ、メモ見たのを根に持ってるぞ。

「焼塩、土産物《みやげ》売り場で限定のお菓子売ってるみたいだぞ。見に行こうって！」

苦しまぎれにそう言うと、

「えっ、それ美味《おい》しいの？」

聞き覚えのある若い女の声がした。

……この声は。声の方向を振り向くと、土産物《みやげ》売り場の棚に素早く誰かが身を隠《かく》した。

「いまのって」

「八奈《やな》ちゃんだよね」

俺と焼塩《やきしお》は土産物売り場に視線を送る。

「姿は見たか？」

「うん、後ろ姿だけど」

焼塩とアイコンタクトを交わすと、無言で別々の方向に分かれて歩き出す。

そう、売り場の左右から挟みこむのだ。

早足で回りこむと、棚の反対側から焼塩が現れた。

「あれ、そっちにはいなかったか」

「いなかったよ。さっき聞いた声、気のせいだったのかなー」

あの声、あの発言。八奈見《やなみ》以外にそんなやつがいるというのか……？

不思議そうにあたりを見回していた焼塩の足が止まる。

「あ、星の砂だ」

焼塩はラックにかけられたキーホルダーを手に取った。

水族館の名前の入ったそれは、小さなガラス飾りの中に星の砂が入っている。

「焼塩って、星の砂とか好きなんだ」

焼塩が子供のような笑顔で頷《うなず》く。

「ちっちゃな頃、星の砂が入った小さな瓶を買ってもらってさ。どうしても触りたくて開けたら、ぶちまけちゃったの。車の中で」

車内での阿鼻《あび》叫喚《きょうかん》が目に浮かぶ。

焼塩は迷いながらキーホルダーをラックに戻した。

「買わないのか？」

「んー、また開けたくなるといけないし」

それは我慢しろ。名残惜しそうな焼塩と土産物コーナーを後にする。

「さっきの見間違いかなー、声は八奈ちゃんにそっくりだったけど」

変装した小鞠《こまり》。そして八奈見疑惑の人影――。

俺は視線をめぐらせながら焼塩に話しかける。

「……あの、実はさっき小鞠と会ってさ」

「小鞠ちゃん？　じゃあ今のはやっぱり」

「ああ、八奈見さんの可能性が――痛っ?!」

焼塩が俺の耳をグイと引っ張る。

「ちょっとぬっくん。デートのこと、みんなに話したの？」

「話してない！　話してないって！」

俺の必死の釈明《しゃくめい》に、焼塩《やきしお》がようやく手を離す。

「あたしも話してないからね。じゃあなんであの二人がいるんだろ」

俺にも分からん。分からんが、焼塩も俺と二人きりよりみんなと回りたいよな……。

「あー、バレてるんなら、二人と合流して一緒に回るか？」

「……それ、ちょっと気に入らないな」

焼塩は、小声で呟《つぶや》いて歩きだす。

「え？　バレたのは本当に心当たりがなくて──」

「そっちじゃなくてさ」

焼塩は後ろ手に指を組みながら、一人でエサやりコーナーに向かう。

エサやりコーナーは１０畳ほどのプールになっていて、中には魚だけではなくウミガメの姿まである。この水族館、いちいちレアキャラと距離が近い。

「えーと、いまのはどういう意味」

焼塩は黙ったまま料金箱に小銭を入れると、エサの容器を二つ取り、

「ん」

俺に一つ手渡してくる。容器には干した小エビが入っていて、手にしただけでウミガメがゆっくりと俺たちの方に泳いでくる。

「この子メッチャ欲しがってるよ。ほら、ぬっくんもあげなよ」

「あ、うん」

パラパラと干しエビをまくと、集まった魚があっという間に食べつくす。

あ、お前らにやったんじゃないぞ。八奈見《やなみ》じゃあるまいし、少しは遠慮しろ。

「ぬっくん、もっと口の近くにまかないと」

ケタケタと笑う焼塩はもう容器を空にしたらしい。逆さに向けてポンポンと叩《たた》くと、焼塩の近くにいたウミガメも俺の方に泳いでくる。

さっきのはちょっと油断しただけだ。魚を小さな八奈見だと想定し、干し海老を一つずつウミガメの口元に落としていく。

「ほら、俺も本気を出せばウミガメにエサくらい」

「じれったいな。はい、どーん」

焼塩は俺の手をつかむと、中身を一気にぶちまける。

「ああ、せっかくいい調子だったのに……」

なげく俺の手をつかんだまま、焼塩はいつもより少し低い声で呟いた。

「バレたのは仕方ないけどさ。ぬっくん、今日はあたしとデートしてるんだよ」

苛立《いらだ》ちと、からかいと、多分その他の感情も混じった——そんな瞳。

俺はゴクリとつばを飲みこむと、ぎこちなく頷《うなず》く。

「そ、そうだよな。あの二人がいてもデートには関係ないか」

「あったりまえじゃん。ぬっくん、あいかわらずそういうとこだなー」

空の容器を棚に戻すと、悪戯《いたずら》っぽい笑顔を浮かべる焼塩《やきしお》。

「……でもさ、ちょっとくらい遊んでもいいよね」

「え、どういうこと?」

「あたし、鬼ごっこなら自信あるんだよ」

焼塩はウインクをすると、水族館の出口を親指で指した。

◇

水族館から通りを挟んだ住宅街の一角。俺たちは駐車中の車の陰に身を潜めていた。

カラカラのノドで無理矢理ツバを飲みこみながら、心臓の鼓動《こどう》が収まるのを待つ。

チラリと視線を送ると、隣の焼塩は息一つ乱していない。耳に手を当て、慎重《しんちょう》に辺りの様子をうかがっている。

「——あれ、こっちだと思ったんだけどな。小鞠《こまり》ちゃん、どう思う?」

八奈見《やなみ》の声だ。焼塩が更に身をかがめる。

住宅街に響くやかましい声を、パタパタと小さな足音が追いかけてきた。

「こ、こんな時くらい食べるのやめろ」

「でもこのせんべい、グソクムシの粉末《ふんまつ》が入ってるんだよ。小鞠ちゃんも食べる？」

「い、いらない……だ、だからいらない、って！」

ワチャワチャと騒ぐ二人。早くどこか行ってくれ。

「ねえ二人とも。いったん戻って、車で駅に先回りするのはどうかな」

……あれ、この声は月之木《つきのき》先輩だ。あの人がいると、色々とややこしいぞ。

「賛成です！　でも檸檬《れもん》ちゃん足が速いし、間に合うかな」

「ぬ、温水《ぬくみず》がいるから大丈夫」

「なら安心だね」

相変わらずの俺への信頼感。

……三人の話し声が聞こえなくなった頃、焼塩が伸びをしながら立ち上がる。

「よし、上手《うま》くいったね。ここから早く離れようよ」

「でも俺、電車で帰るから駅に行かなきゃなんだが」

ピタリ。屈伸《くっしん》をしていた焼塩が動きを止める。

「ん、どうした焼塩」

「…………」

無言で焼塩が腕を組んでくる。

「えっ、ちょ――」

「ぬっくん、デートはまだ終わってないんだけど？」

冗談めかして、だけど少し恥ずかしそうに焼塩《やきしお》が言った。

◇

水族館の近くには、地名の元になった「竹島《たけしま》」という島がある。

海沿いの公園から、４００m近くある長い橋がかかっていて、徒歩で渡ることができるのだ。

「おーい、早くおいでよ！」

俺の先を行く焼塩が、振り向いて手を振った。

まだ橋の半分ほどしか渡っていないが、すでに戻りたい。

「お願いだから走らないで……俺が死んじゃうから……」

橋の欄干《らんかん》にもたれながら、来た道を振り返る。橋の入口付近は芝生《しばふ》の公園になっていて、遠くからでも遊ぶ家族連れの姿が見える。

駆け戻ってきた焼塩が俺の背中をバシンと叩《たた》く。痛い。

「ぬっくん、どうしたのさ。早く行こうよ」

「さっきメッチャ走ったから、疲れてるんだって」

「なに言ってんの。本番はこれからだよ」

焼塩は楽しそうに島を指差す。

「あそこに階段見えるでしょ。のぼったら神社があるんだって！」

「へえ……のぼんなきゃいけないの？　神社の方から降りてこない？」

「こないよ。さ、行こうか！」

焼塩が冷たい。

腕を引かれるまま歩きながら、横目でチラリと焼塩を見る。

焼塩はいつも通りの楽しそうな表情で、海鳥を指差しては明るい声を上げる。

いつも通りのこいつと、今日はデートをしている。

今更だけど、あまりに現実感がなさすぎる。

ふわふわした気分のまま橋を渡った先の鳥居《とりい》をくぐる。

そして目の前に現れた上り階段を見て——俺は我にかえった。

「これ、途中に喫茶店とかない？　ドトールとか」

げんなりする俺に向かって、焼塩は瞳を輝かせながら首を横に振る。

「ないよ。ぬっくん、上まで競争しようか！　はい、よーいどん！」

俺が断るより早く、焼塩は階段を駆け上がり始めた。

◇

階段をのぼりきった俺は、震える足を押さえながら肩で息をする。

マイペースでのぼるつもりだったのだが、焼塩《やきしお》に背中を押されて無理矢理走らされたのだ。

「俺……日頃……運動とか、してない……からな……？」

「でも身体《からだ》動かすと気持ちいいでしょ？」

いや、普通に疲れるしキツイんだが。

とはいえせっかくここまで来たのだ。お参りの一つもするとしよう。

案内図を見ると、メインの八百富《やおとみ》神社の他にも境内《けいだい》に複数の神社があるらしい。

えーと、大黒《だいこく》神社に千歳《ちとせ》神社。宇賀《うが》神社は——食べ物の神様が祭ってあるのか。

「これ、八奈見《やなみ》さんも連れてきたら喜んだかな」

ふとつぶやくと、焼塩が俺の頬《ほお》を指先でツンツンつついてくる。

「え、なに？　ちょっと——」

「………」

後ずさる俺の頬を不機嫌そうにつつき続ける焼塩。待って、地味に痛いんだけど。

「分かった、分かったから！　俺が悪かった！」

ようやく焼塩のツンツン攻撃が止まる。

「ホント？　ホントに分かってる？」

「え、それは……もちろん」

まったく分かってないのがバレたのか、焼塩はふくれっ面《つら》を向けてくる。

「普通さ、デートの途中に他の子の話する？」

え、しちゃだめなの？　色々と勉強になるな。

「ごめん、俺が悪かった。今日は焼塩のことしか口にしないから」

「いや、それもちょっと違う」

ちょっと違った。難しい。

違ったけど機嫌は直ったらしい。笑顔に戻った焼塩と八百富神社の拝殿《はいでん》で手を合わせる。

家内安全――にプラスして、今回は玉木《たまき》先輩の合格祈願もしておこう。

でも、お賽銭《さいせん》を５０円しか入れてないのに二つもお願いしていいのだろうか。

追い課金しようと財布を取りだしているうちに、焼塩はとっくにお参りを終えて、風になびく神社のノボリを眺めていた。

「ぬっくん、ずいぶん熱心にお参りしてたね」

「あー、お願いがちょっと決まらなくて。焼塩はなにをお願いしたんだ？」

「あたし、こういうとこではお願いはしないんだ」

焼塩は頭の後ろで手を組んで、なにげなく答える。

「どうして？」

「あたしの願いが叶《かな》ったら、その分誰かの願いが消えちゃう気がして」

少し寂しそうに笑って。


「だからあたしは――願わない」


そう言い残して歩きだす焼塩《やきしお》。

俺はその後を追いながら、かけるべき言葉を探す。

「なんか悩みでもあるのか？」

「どしたのさ、突然」

ありきたりな言葉は軽く流されて、俺たちは境内《けいだい》の奥へと続く石畳を並んで歩く。

「急にデートに誘ってきただろ。誰にも知られず、悩みごとでも相談したいのかなって」

「そうなのかな。んー、あたしにも分かんないや」

焼塩は足をゆるめる。

「……最近、文芸部の方もそんなに出られなくてさ。あたしは小説も書いてないし、部員らしいコトなにもできてないかなって」

そんなことない、と言いかけて俺は思いとどまる。

焼塩の想いや不安。俺にそれを否定する権利はない。

「部室に久しぶりに顔出すとさ。みんなが私の知らない話をしてたり、八奈《やな》ちゃんと小鞠《こまり》ちゃんが少しずつ仲良くなってたり」

自嘲《じちょう》気味に肩をすくめる焼塩。

「最近は——ぬっくんの妹さんの方が、部室にいることが多いよね」

「え、そうなの？」

先日の学校見学会以来、たまに生徒会の見学に来ているのは知ってたが、部室で見かけたことあったっけ……。

腕組みをして記憶を探る俺に、焼塩が軽く肩をぶつけてくる。

「だから今日はさ、ちょっと抜け駆けしたかったの」

「……？　なんで俺とデートするのが抜け駆けになるんだ」

「さあね。知りたい？」

「ああ、教え——てっ?!」

焼塩はいきなり手を繋《つな》ぐと、そのまま走りだした。

「ちょっ、転ぶって！」

「ちゃんと手加減してるって！」

去年の夏、砂浜での思い出が頭をよぎる。

手を引かれるまま境内の裏手を抜けると、下りの石階段が現れた。

このまま転んだらシャレではすまないぞ。

死ぬ気で階段を下っていくと、次第に視界が開けていく。

と、急に焼塩《やきしお》の足が止まった。

「うっわ……」

焼塩が思わず声をもらす。

いつの間にか階段は終わっていて、目の前には三河《みかわ》湾の静かな波間《なみま》が広がっていた。

階段から降りた先は島の反対側だ。俺たちが立っている場所から右手に向かって、遊歩道が島の外周沿いに伸びている。

「うわー、ねえ見てぬっくん!」

焼塩が海に浮かぶ島を指差す。

「この先に去年行った海水浴場があるんだよね。あの島かな?」

「あの海水浴場は三河湾の対岸だから、あの島のさらに向こうだな」

そもそも行ったのは島じゃないし。

「それに水平線までの距離ってせいぜい5kmくらいだから、ここからじゃ砂浜は見えないぞ。神社まで戻れば見えるかもだから、高さを調べて計算してみようか」

スマホで高度計のアプリを探していると、焼塩がスマホを取りあげる。

「え、おい」

「せっかくのデートで綺麗《きれい》な海見てるのにさ。少しくらいムード考えてよ」

焼塩は俺のスマホを見ながら溜息《ためいき》をつく。

「ま、あたし相手じゃそんな雰囲気にならないか。ぬっくんって女らしくて、髪の長い子が好みだもんなー」

「……俺、そんなの話したことあるっけ」

焼塩はジト目で俺のスマホの待ち受け画面を向けてくる。

「だってスマホの待ち受けにしてる画像、いつも髪の長いキャラじゃん」

否定はしないが、待ち受け画面が見られてたのはショックだぞ。こないだのポヨタン先生の新作絵はバレてないだろうな……。

焼塩は俺にスマホを返すと、海沿いの遊歩道を歩きだす。

と、焼塩がすぐに遊歩道から外れて、海に向かって突き出した岩の上を飛び移りはじめた。

「おい、危ないぞ」

「平気だよ。さっき、この先で写真撮ってた人いるし」

この辺りの岩場は１０ｍほど海に突き出していて、その気になれば先端まで行けるのだ。

その気のない俺が見守る前で、先端にたどり着いた焼塩がクルリと振り返る。

「ほら、めっちゃ眺めいいよ！　ぬっくんもおいでよ！」

「え？　いや、危ないし」

俺の正しさしかない言葉に、焼塩《やきしお》はケタケタと笑う。

「大丈夫だって。海に落ちたらあたしが助けてあげるよ」

心底嫌だけど、焼塩はあきらめそうにない雰囲気だ。

仕方なく岩場を渡り始めるが、足元が凸凹して歩きにくいな……。

「うん、確かにいい眺めだ。じゃあ戻ろうか」

「……なんで微妙に離れた場所で言うのさ」

焼塩が不満そうに言う。俺の２ｍほど先の岩の上で。

「だってそこ、岩の間を飛び越えないとたどり着けないだろ。ゲームなら、ミスったら残機一つ減るやつだからな？」

「気をつければ大丈夫だよ。ほら、全然大丈夫――っ?!」

ふざけて片足立ちをした焼塩がグラリと大きく揺れた。

っ！　いくらなんでも、はしゃぎすぎだ。

俺は慌てて駆け寄ると、焼塩が乗る岩に飛び移った――瞬間に足を滑らせた。

「ぬっくん、危ない！」

焼塩は滑り落ちそうになった俺の手をつかむと、力任せに引き上げる。

「大丈夫!?　怪我はない？」

「だ、大丈夫だけど、あやうく残機が減るとこだった……」

バランスを崩したところを助けようとして反対に助けられるとは。

あいかわらず焼塩は大した身体能力――。

「……待て、さっきバランスくずしたのワザとか？」

「えーと」

焼塩は俺の手を握ったまま、気まずそうにうなずく。

「……ごめんね」

いやまあ、結果なにもなかったのならそれでいいのだが。

しおらしくうつむいている焼塩の姿を見ると、怒る気もなくなった。

「でも、一番先から見ると景色もなんか違って見えるよな」

さえぎる物のない海の向こうには、渥美《あつみ》半島が白くかすんでいる。

ぼんやりと見惚《みと》れていると、赤いクチバシのカモメが海面近くを低く横切った。

「ありがと、俺にこの景色を見せたかったんだろ？」

「……うん」

焼塩は俺の手を握ったままの指に、少し力を入れてくる。

「もう大丈夫だから離しても――焼塩？」

ふと、水族館で拾った焼塩のメモが頭に浮かぶ。

——STEP1　手を繋《つな》ぐ

手を繋ぐくらい、焼塩《やきしお》にとっては大きな意味はないはずだ。

だから焼塩が手を離そうとしないのも、単に俺を心配しているだけで……。

俺の言い訳じみた考えを塗り潰すかのように。

焼塩は意外と細いその指を——俺の指と絡《から》めてきた。

「っ!?」

「……これがSTEP2」

焼塩の囁《ささや》き声は海風に散らされながら、俺の耳をくすぐっていく。

初めての感触に固まる俺に向かって、焼塩は静かに話し出す。

「……さっき、あたしに悩みごとがあるんじゃないかって言ったよね」

「えーと、やっぱなにかあるのか？」

焼塩は首を横に振る。

「そういうわけじゃないんだ。学校では友達も先生も優しいし。陸上部だってみんな親切で、あたしに期待してくれて、特別扱いしてくれて——」

少し言いよどみ、

「……だけどさ、特別扱いされる側もちょっとだけ疲れるの」

焼塩《やきしお》の口からもれた弱音には、わずかに罪悪感がまぶされて。

かける言葉もなく黙っている俺に、焼塩がかすれ声で呟《つぶや》いた。


「ねえ、ぬっくん。あたしと帰宅部に入らない？」


……え？

帰宅部って、家への帰り方を競う謎部活……ではないよな。

普通に考えれば、学校が終わったら部活動をせずに帰ることを指すのだろう。

「いやでも、俺たち部活してるんだし、帰宅部は無理じゃないか」

焼塩は首をはっきりと横に振る。

「陸上部も文芸部も辞めちゃって、二人だけの帰宅部やろうってこと」

焼塩は深い色の瞳で、俺を真っすぐに見つめてくる。

波に弾《はじ》かれた陽の光がキラキラと輝いて、焼塩の陽に焼けた髪に透けて輝いている。

俺はまぶしさから逃げるように目をそらす。

しばらく黙っていた焼塩は俺の手を離すと、遊歩道に向かって岩を渡っていく。

「あの、部活辞めるって冗談だよな」

焼塩が足をとめる。

……口にしてから気付いた。これは卑怯《ひきょう》な言葉だ。

曖昧《あいまい》にして、向き合わずに距離を取る。そんな言葉。

焼塩はそれに気付いているのか。肩越しに振り向くと、真剣な口調で言った。

「考えといて。さっき言ったの——冗談じゃないから」

# Intermission　私の目はごまかせません

ＪＲ東海道本線特別快速・大垣《おおがき》行。

一人の小柄な少女が、腕を一杯に伸ばしてつり革をつかんでいる。

少女の名は温水《ぬくみず》佳樹《かじゅ》。

電車に一人揺られながら、瞳に浮かんだ興奮気味の光を隠そうともしない。

――そう、最愛のお兄様がデートに向かったのだ。

これまでにも女性と二人でお出かけすることはあったが、本人はかたくなにデートと認めようとはしなかった。

だけど今回は本人のスマホの検索履歴《けんさくりれき》に『デート』の単語がはっきりと残っているのだ。

加えて『竹島《たけしま》水族館』、『初めて』、『どんな服』などを合わせて検索していることから、デート場所と状況は容易に判明したし、天気予報と交通機関の検索履歴から日時も確定した。

こんな日に備えて、父親に勧めて買わせた『お兄様に似合う服』を持ち出して、デート向けのコーディネートもバッチリ決めた。

佳樹にもどうしても分からなかったのはデートの相手だ。

さりげなく八奈見《やなみ》にカマをかけたが、どうやらその気配はない。

残るは小鞠《こまり》か生徒会の誰かが候補だが、自分が知らない相手の可能性もある。

なにしろお兄様だ。その魅力を世の女性が放っておくはずがない――。

車内にアナウンスが流れ出す。乗車時間10分あまり、そろそろ蒲郡《がまごおり》駅に着くらしい。

「……まずは自分の目で見て確かめます」

佳樹は表情を引き締めながらホームに降り立つ。

これからの段取りを考えながら、エスカレーターを下りる。

――今頃お兄様は水族館に着いた頃だ。

その姿を想像しながら改札をくぐると、黄色のパーカーにショートパンツ、派手な緑色のリュックを背負った小柄な少女が立っていた。

「……ひょっとして、小鞠さんですか？」

「うえっ?!　か、佳樹、ちゃん？　ど、どうしてここに」

身をかがめて固まる小鞠に、佳樹は真っすぐ駆け寄った。

「お兄様のデート相手って小鞠さんなんですね！　その格好、すっごく可愛《かわい》いです！　こういう服がお好きなんですか？」

「い、いや、これ、親戚のお下がり――」

「これならお兄様もイチコロです！」

「い、いちこ、ろ……？」

目を白黒させる小鞠《こまり》に、佳樹《かじゅ》がグイグイと詰め寄る。

さらに口を開こうとする佳樹の背後から、これまた覚えのある声が聞こえてきた。

「……やっぱり温水《ぬくみず》君、デートなんだ」

佳樹が振り向くと、そこにいたのは八奈見杏菜《やなみあんな》。

芝居がかった仕草で、バサリと髪をかき上げる。

「八奈見さん?!　あれれ、今日はお兄様は誰かと二人でデートじゃ――――」

慌てて口を押える佳樹に向かって、八奈見がニマリと微笑《ほほえ》む。

「金曜日の温水君、なーんか様子が変だったんだよね。檸檬《れもん》ちゃんもコソコソしてたし、妹ちゃんも日曜の予定とか水族館がどうとか聞いてきたし」

「……ええと、それよりお二人はどうしてここに」

八奈見はツカツカと佳樹に歩み寄る。

「もちろん妹ちゃんと同じだよ。佳樹ちゃんの気持ち、私たちも分かるから」

「へっ?!」

佳樹の手を両手で握ると、八奈見が明るい声で言う。

「デートをぶち壊しに来たんだよね！」

……違います。

佳樹は即答しようとしたが、言葉がノドにつかえて出てこない。

なにも言うなとばかりに優しく微笑む八奈見。

「うちらに黙ってデートなんてけしからんよ。ちゃんと監視しないと」

八奈見は佳樹に向かってウインク。

「でもね、妹ちゃん。気持ちは分かるけど、ぶち壊すまではやりすぎだと思うよ？」

……デートをぶち壊す。

そんなことは思ってもいなかったが、どうしてそれを否定できなかったのか。

自分はただ、兄の姿を少しでもたくさん胸に焼きつけたいだけなのに――。

佳樹は戸惑いを押し殺しながら、冷静を装ってたずねる。

「あの、お二人はどうしてデートを監視なんか……？」

八奈見は当然とばかりに言い放つ。

「だって文芸部は、部内恋愛禁止だからね！」

「うなっ?!」

混沌《こんとん》に飲み込まれつつある蒲郡《がまごおり》駅の改札前。新たな登場人物の声が混沌に拍車をかける。

「あれ、温水君の妹さんだよね。八奈見ちゃんが誘ったの？」

第4の登場人物は文芸部の元副部長、月之木古都《つきのきこと》。

車の鍵を指でチャラチャラ回しながらの登場だ。

「ここで偶然会ったんです。妹ちゃんも温水君の監視に来てたみたいで」

「じゃあデートって本当なんだ。あの子、なかなかやるねー」

佳樹《かじゅ》は半ばあきらめながら、今日の予定を頭の中で組み立て直す。

脳内でリスケ完了。小さく深呼吸をして古都《こと》にペコリと頭を下げる。

「ツワブキ祭の時以来ですね。月之木《つきのき》さんもお兄様のデートを邪──監視《かんし》に？」

「なんか分かんないけど、面白そうだから付いてきた！」

なるほど、こんな感じの人だった。

ふと視線を送ると、八奈見《やなみ》はキョロキョロと辺りを見回している。

「妹ちゃん、温水《ぬくみず》君はこれから来るの？」

「私より早い電車に乗ったはずなので、今頃はもう水族館かと」

……多少予定は変わったが問題はない。

大人数でガヤガヤと尾行をするのは愚《ぐ》の骨頂《こっちょう》だが、今回ばかりは話は別だ。

彼女たちが陽動役となってくれれば、お兄様に更に近付けるに違いない。

佳樹はよそいきの笑顔を浮かべると、３人の先輩たちに向かって一礼をした。

「それでは佳樹もご一緒させていただきます。今日はよろしくお願いしますね」

# ～２敗目～　涙の数だけ湿っぽい

休み明けの月曜日はいつも気が重い。

重いなりにもたどりついた放課後のＨＲ、教室を今日一番に暗い雰囲気が包んでいた。

「先生の友達がなー、新しい彼氏ができたって報告してきたんだ」

さあ、気が重い話が始まるぞ。我らが担任、甘夏《あまなつ》先生の漆黒モードが全開なのだ。

甘夏先生は教卓にヒジをつき、指先で髪をクリクリといじりだす。

「前の彼氏と別れたって聞いてないんだけどなー、おかしいよなー。私はいつもプラマイゼロなのに、あいつはいつもプラスなんだ」

その友達、誰か分かった気がする。

まだも続く甘夏ちゃん劇場を聞き流しながら、さりげなく視線を窓際の焼塩《やきしお》に送る。

焼塩は頬杖《ほおづえ》をつき、窓の外を眺めている。

――突然の帰宅部への誘い。

あの後、俺はろくに返事もできなくて。無言で二人、歩き続けた。

そしてそのまま水族館の前で別れて、人生初のデートが終了したのである。

蒲郡《がまごおり》駅前で一人で食べたスガキヤラーメンが美味《おい》しかったのが、せめてもの救いだ。

「まだ寒いから人恋しかったの——とか言われても、ずっと寒い私はどうすりゃいいんだ。猫だって小抜《こぬき》ちゃんにしか懐《なつ》かないし、先生の冬はいつ終わるんだよ……」

先生の冬より先にHRが終わって欲しい。この人、ついには枝毛を探し出したぞ。

何本目かの枝毛を退治してようやく気がすんだのか、甘夏《あまなつ》先生がノロノロと立ち上がる。

「まあ、今日から3月だ。金曜には卒業式があるし、来月からお前らも先輩になる」

劇場の閉演《へいえん》を予感したクラスメイトの瞳に、光が戻り始める。

先生は俺たちの顔をいつもより真剣な表情で見回した。

「2年生はクラス替えもあるし、このメンツがそろうのはあと少しだ。先生もこの1年間、わりと楽しかったぞ」

甘夏先生にしてはまともに締めてきたが、明日から話すことなくて苦労するぞ。大丈夫か。

他人事《ひとごと》ながら心配していると、先生は出席簿を教卓にターンと叩《たた》きつける。

「よし、今日はこれでおしまいだ！　悪させずに帰るんだぞー」

長いHRもようやく終わり、俺は席を立つクラスメイトの中に焼塩《やきしお》の姿を探す。

朝からずっと声をかけられなかったが、やはりちゃんと話をするべきだ。

「焼塩！」

俺が目の前に立ちふさがると、焼塩が驚いた顔をする。

「ぬっくん、どうしたの。大きな声出して」

「いや、あの、昨日のことだけど——」

さて、困った。勢いで声をかけたはいいが、どうやって切りだそう。

言葉の出ない俺の前、焼塩もモジモジと指をこねくり回している。

「うん……突然あんなこと言って、困らせちゃったよね」

「困ってるわけじゃないけどさ……その、急だったから……」

昨日の発言がどういう意味か。部活でなにかあったのなら、俺にできることは——。

聞かなきゃいけないことは山ほどあるのに、向かい合って指をモジモジするばかりだ。

「ぬっくんにはいきなりでも、あたしの中では急じゃないから、だから……」

焼塩は上目遣いで俺の目をのぞきこむ。

「ちゃんと考えてくれると嬉しい、かな」

「う、うん」

俺がぎこちなく頷《うなず》くと、焼塩は短いスカートの裾《すそ》をひるがえす。

「それじゃあたし今日はジムの日だから。もう行くね」

「ええと、それじゃ」

焼塩は静まり返った教室から走って出ていく。

俺はその後ろ姿をただ見つめて——あれ、なんでこんなに教室が静かなんだ……？

それに気付いた俺が見回すと、クラスの連中は全員真顔で俺を見ている。

八奈見《やなみ》まで、なんか見たことのない目つきしてるぞ。

あいつ、あんなに白目が大きかったっけ……。

戸惑って立ちつくしていると、脳内を流れだす軽快なＢＧＭ。周囲に漂《ただよ》う花の香り。

姫宮華恋《ひめみやかれん》。彼女が俺の前に仁王立ちをする。

「温水《ぬくみず》君、ちょいっとお話いいですか」

「え、よくないです」

おびえて後ろずさる俺の背中に、なにか重い塊《かたまり》が当たる。

「ほほう、華恋ちゃんの誘いを断るとは、温水君も偉くなったもんだねぇ」

背後から俺にプレッシャーをかけてきたのは——八奈見だ。

前門の８Ｋ、後門の４Ｋ。

ツワブキの誇《ほこ》る１２Ｋコンビを前に、俺はただ従う他なかったのである。

◇

学校から少し離れた行きつけのファミレス。

この安住《あんじゅう》の地で、俺は震えながらコーラをすすっていた。

大盛りポテトを挟んだテーブルの向こう側には、笑顔の姫宮華恋と白目がちな八奈見杏菜《あんな》。

「……温水君、さっきの焼塩《やきしお》さんとの会話、ちょいっと気になるんだけど？」

ニコニコニコ。姫宮さんが笑顔でプレッシャーをかけてくる。

気になると言っても、文芸部がらみのことは姫宮さんに関係ないしな……。

「えっと、悪いけど姫宮さんには関係のない話だし、あんまり詳しくは――」

バン！　勢いよくテーブルを叩《たた》く姫宮さん。

「関係ないことないよ！　親友の杏菜のことなら、放っておけないもん！」

え、なんで焼塩の話が八奈見と関係してくるんだ？

それにこの人の親友設定、定期的に聞かされないと忘れるな……。

「八奈見さんにはそのうち話すつもりだったけど――昨日、焼塩と出かけてさ」

「デート、だよね」

八奈見が俺をジロリと睨《にら》みながら訂正する。

「いやまあ、どっちでもいいけど……」

軽く流そうとすると、今度は姫宮さんが俺を睨んでくる。

「よくないよ！　君には杏菜という人がいるじゃない！」

「「へ？」」

そもそも俺に八奈見はいないし、この人なにを言ってるのか。

さすがの八奈見もポカンとしていると、

「君には杏菜《あんな》という彼女がいるのに、他の子とデートなんてダメに決まってるでしょ！」

真面目な顔でわけの分からないことを言いだした。

「待って?!　俺と八奈見《やなみ》さん、付き合ってないからね?!」

「えっ」

今度は姫宮《ひめみや》さんが驚く番だ。ただでさえ大きな目を見開いて俺と八奈見を見比べる。


「じゃあ杏菜、また振られ――」


待て、それ以上はいけない。八奈見の表情を見て、俺は慌てて手を振る。

「いやいやいやいや、そもそも最初から付き合ってないから！　ほら、八奈見さんからもなにか言ってよ！」

八奈見はギギギ……と俺に首を向けてくる。

「ま、まあ、華恋《かれん》ちゃんのは誤解というか？」

「うんうん」

「むしろ私が温水《ぬくみず》君を振ったほうだよね」

「……は？　これっぽっちも振られてないが」

よかろう、ならば戦争だ。俺はコーラを飲み干すと勢いよくグラスを置く。

「去年の7月のことを言ってるのなら、完全に八奈見さんの勘違いだろ。あんな勘違いをする以上、それ以降の八奈見さんの認識にも疑念が生じざるを得ないよね」

「……疑念?」

八奈見は片眉を上げながら、ポテトを口に放りこむ。

俺は頷《うなず》くと、早くも空になりそうなポテトの皿に手を伸ばす。

「例えば年末の展望ルームの件では、八奈見さんが一方的に俺に告るように言ってきたよね。そもそも告る告られるの関係でない以上、普通はそんな話が出るわけないから、八奈見さんの認知のゆがみが根底《こんてい》にあるんじゃないかな。つまり――」

八奈見は長いポテトを俺の顔に向けてくる。

「私が勝手に意識した――温水君はそう言いたいの?」

……答えは沈黙。目を細めて俺を見つめていた八奈見の唇がニヤリとゆがむ。

「前提が違うんだよ温水君。女子と男子が二人きり。男子の側から改まって話がある――そんなシチュエーションって、告白だって相場が決まってるよね?」

「だからそれは勘違いで――」

八奈見は出来の悪い弟でも相手にするように、ゆっくりと首を横に振る。

「集合的無意識ってやつだよ。温水君が気付いてないだけで、実はあれは告白だったの」

集合……的?　こいつ意味分からずに言ってるだろ。

「でさ、私はそれを断ったわけだから、当然温水《ぬくみず》君を振ったことになるじゃん」

「ならないけど？」

「年末の件なんて告られる前に振ったようなもんだし、むしろ感謝して欲しいくらいだよね」

感謝しろとまで言いやがった。

よし、八奈見《やなみ》にはそろそろ現実を知ってもらう必要がある。

「じゃあ姫宮《ひめみや》さんに判定してもらおうか」

「そうだね、華恋《かれん》ちゃんなら分かってくれるでしょ？」

「え？　私？」

急に話を振られた姫宮さんはビクリと震える。

しばらく俺たちの顔を見比べていた姫宮さんは、首をかしげながら言った。

「二人はつまり、くっついたり別れたりしてるって……コト？」

「「違うから！」」

思わずハモってしまった。

八奈見は頭を抱えながら、絞《しぼ》りだすような声を出す。

「と、とりあえず、温水君への判決は3人目の裁判官の到着を待つことにします」

「3人目？　まだ誰か来るの？」

八奈見はコクリと頷《うなず》く。

「今回の件は文芸部も絡んでるでしょ？　小鞠《こまり》ちゃんも呼んでるの」

小鞠も来るのか。なにげなく視線をめぐらすと、店内の観葉植物に隠れて頭のピコピコが揺れている。

……あいつ、なにやってんだ。

呼びだそうとスマホを取りだすと、見計らったようにメッセが届く。

『八奈見《やなみ》の隣、誰だ？』

そういやあいつ、姫宮《ひめみや》さんとは初対面だったか。

返信しようとした俺は、思い直して立ち上がる。そこにいるんだし、連れてくるか……。

◇

捕獲《ほかく》した小鞠を隣に座らせると、向かいの姫宮さんがキラキラした瞳で身を乗りだす。

「初めまして小鞠さん。杏菜《あんな》から話は聞いてるよ、小説書いてるんだよね」

「うぇ……あ、あ……」

キラキラキラ。光の姫宮オーラに、小鞠は完全に委縮《いしゅく》している。

それに気付いたのか、姫宮さんはテへ、とばかりに舌を出す。

「ごめんね、私ばっかり話しちゃって。とりあえず乾杯をしようか。はい、かんぱーい」

「おぁ……あ……」

震える手でマグカップを合わせると、再び動作を停止する小鞠。

この二人、相性悪そうだな……。

「華恋《かれん》ちゃん、小鞠ちゃんが怖がってるって。ごめんね、急に呼びだして」

八奈見が二人の間に入る。小鞠はコクコク頷《うなず》きながらスマホの画面を八奈見に向けた。

「『なんの用なの？』って……あれ？　小鞠ちゃん、なんで私とスマホで会話をするの？」

八奈見が好感度ゲージを散らす様子を眺めながら、コーヒーをすする。

「えっとね、小鞠ちゃんに来てもらったのは他でもないの。いまから温水《ぬくみず》君の弾劾《だんがい》裁判を始めようと思って」

「ちょっと八奈見さん。焼塩《やきしお》と二人で出かけたのは相談に乗っただけだし、なにも後ろ暗いことはないんだけど」

先手必勝。ケチをつけられる前に申し開きをすると、八奈見がフフンと鼻で笑う。

「はいはい、相談相談。なんでもないなんでもない。そう言ってたはずの二人が、なーんかくっついちゃうんだよね。なーんの相談してたのやら」

急にどうした八奈見。嫌な記憶のフタでも開けたのか。

と、姫宮《ひめみや》さんがあさっての方向を見ながらボソリとつぶやく。

「……えーと杏菜《あんな》、あの時のは本当に違うからね？」

「分かってるって。華恋《かれん》ちゃんがそんな子なわけないじゃん。……そんな子じゃ」

待って、いきなり変な雰囲気にならないで。ねえお願い。

小鞠《こまり》はテーブルの下で俺の上着をつかんで震えてるし。

「話を焼塩《やきしお》のことに戻さない？　そもそもみんな、そのために集まったんだろ」

3人は視線を交わすとコクリと頷《うなず》く。

……なぜ責められる側がこんなに気をつかうのか。

「そもそも温水《ぬくみず》君が、教室で檸檬《れもん》ちゃんと意味ありげにコソコソしてたのが原因でしょ。有罪判決の前に申し立てどうぞ？」

八奈見《やなみ》は言いながら、注文用のタブレットをブラインドタッチ。

「あのな、遊びに誘われたのは焼塩が俺に相談というか提案というか……言いにくい話があったからで。えーと、つまり」

一緒に帰宅部に入ろうと言った焼塩の弱気な声が、まだ耳に残っている。

もちろん俺は部活を辞める気はないから、要点はこういうことになる。

「だから──焼塩、部活辞めるってさ」

よし、完璧な説明だ。こいつらもこれで俺を責めるのはお門違《かどちが》いだと気付いてくれたはず。

そんな俺の予想に反し、八奈見がジト目で睨《にら》んでくる。

「……温水君、なにやったのさ」

「え？　だから相談に――こら小鞠、足をぶつけてくるなって。あいつ文芸部だけじゃなく、陸上部も辞めようとしてるんだぞ？」

その言葉に八奈見が驚いて目を丸くする。

「待って、文芸部はともかく陸上部は辞めちゃダメじゃない⁉」

「そ、そうだぞ、責任とれ温水」

なんでかえって責められてんだ。

姫宮さんはそんな騒ぎを冷静に見ながら、可愛《かわい》らしく眉を寄せる。

「んー、私は詳しい事情を知らないから言うけど、彼女ってすごく走るの速いんでしょ？　辞めちゃうのもったいないなって思っちゃうな」

確かにそう思うのが普通だ。ごく普通の考えで、なにも間違ってはいない。

だけど昨日の焼塩は。その不安を宿《やど》した瞳は、俺に疑問をいだかせるには十分だった。

「……ああ、みんなの言う通りだと思うよ。だけど焼塩がそうまで思いつめてるんだ。簡単にどうした方がいい、とは言いたくなくてさ」

沈黙が俺たちを包む。その雰囲気を払うように姫宮さんが優しく微笑《ほほえ》んだ。

「そうだね、本人の事情や苦労を知らずに外野《がいや》が言うことじゃないよね」

この人は文芸部ガールズと違って話が通じるから楽だ。完全に部外者だけど。

部外者だしどうやって帰ってもらおうか困っていると、スマホに小鞠《こまり》からのメッセが届く。

『なんでこの人、ここにいるの？』

うん、なんでだろ。俺もよく分からんと返事を打ち終わったタイミングで、

「ライス大盛りお待たせしましたーっ！」

一年中元気な店員さんが、山盛りのライスを一皿置いて去っていく。……なんだこれ。

「八奈見《やなみ》さん、これ頼んだ？」

神妙な表情でタブレットを見つめていた八奈見は、

「……間違えた」

そう呟《つぶや》くと、テーブルの食塩に手を伸ばした。

◇

ファミレスを出て解散した頃には、空は暗くなり始めていた。

結局、それぞれが焼塩《やきしお》と対話を試みるという結論になり、ついでに言えば大盛りご飯は八奈

見が美味《おい》しくいただきました。タバスコが意外と合うそうです。

最寄りの駅に向かって一人で住宅街を歩いていると、後ろから近付いてきた自転車が俺の横で止まった。

「温水《ぬくみず》君、そこまで一緒に——って、なんで逃げるの⁈」

「なんか絡まれるかと思って」

八奈見はブツクサ言いながら自転車を降りると、押しながら隣を歩きだした。

嫌な予感がするので足を速めるが、八奈見もピッタリ歩調を合わせてくる。

「えーと、なにか俺に話でもあるの？」

「温水君、まだ私に言ってないことあるでしょ」

俺は素知らぬ顔で肩をすくめる。

「必要なことはさっき全部言ったって。焼塩が部活を辞めたがるほど思いつめてるんだし、俺たちにできることは見守るしかないだろ」

「じゃあ教室での二人はなんだったの？」

「えっと、それは……」

少し迷ってから口にする。

「俺も誘われたんだ。一緒に帰宅部に入ろうって」

「一緒に？　帰宅部なんて実際にないんだし、一緒に入るもなにも——」

言いかけた八奈見《やなみ》の顔色が変わる。

「え、待って。檸檬《れもん》ちゃんがホントにそう言ったの？　温水《ぬくみず》君、意味分かってるよね?!」

意味が分かるか、だと？　やれやれ、俺も見くびられたものだな。

「ああ、俺にも文芸部を辞めろって意味だろ。やっぱ一人で辞めるのは焼塩《やきしお》でも気まずいんじゃないかな」

ドヤ顔で答えると、八奈見が目を丸くする。

「え、そこ？」

「？　他にどこがあるんだ？　それに俺、文芸部辞める気はないし」

八奈見は安心したような顔でウンウンとうなずく。

「うん、温水君はそれでいいんだよ」

……なんかディスられてる気がする。

俺の心のモヤモヤとは裏腹に、すっきりした笑顔の八奈見が絡んでくる。

「でもさ、檸檬ちゃんとデートだよ。少しくらいは意識したでしょ？」

「いやまあ、デートなんて慣れないし」

「だよねー、檸檬ちゃん可愛《かわい》いもん。1回や2回くらい、ドキッとするのは仕方ないよね。許したげるよ」

なに目線だこいつ。

「そりゃ、10回や20回くらいドキッとしたけど――」

「それは多くない？」

八奈見がジト目を向けてくる。

「回数の問題なのか」

「問題です。そんなのずっとドキドキしっぱなしじゃん。公私混同だよ。けしからんよ」

焼塩とのデート、公の要素あったっけ。

「焼塩が俺を恋愛対象として見るわけないだろ。焼塩だぞ？　そして俺だぞ？」

「……それもそうだね、檸檬ちゃんと温水君だし」

分かってくれたか。でも少しくらいは否定してもいいんだぞ。

再びご機嫌になった八奈見が自転車にまたがる。

「それじゃまた明日ね。檸檬ちゃんのことは私も気をつけとくよ」

「え、ああ、また明日」

結局八奈見のやつ、なにがそんなに気に食わなくて、なんで機嫌が直ったんだ？

……ま、八奈見だし仕方ない。俺はそう結論付けると、駅に向かって足を速めた。

◇

今日は部活休みます……っと。

俺は文芸部のグループLINEに送信すると、電車のシートに深く身体《からだ》をうずめた。

——弾劾《だんがい》裁判の翌日。俺は放課後、部室に寄らずに真っすぐ電車に乗っていた。

誤解しないで欲しいが、問題から逃げているわけではない。焼塩《やきしお》と話をしようと追いかけたが、見失っただけなのだ。

「この電車に乗ったと思ったんだけどな……」

乗車して焼塩を探しているうちにドアは閉まり、緩慢《かんまん》な振動が身体を揺らし始めた。

電車はなぜかやたらと空いていて、俺は長いシートの真ん中に悠々《ゆうゆう》と腰を下ろす。

「……ま、見失ったなら仕方ないか」

さて、思いがけず時間ができた。俺はカバンから文庫本を取りだす。

読みかけの『俺を狙う101人の転校生』、略して『ゼロ転』の最新刊を読むのだ。

これは101日間連続で転入してくる美少女と主人公のラブコメで、冒頭の人物紹介が巻を重ねるごとに厚くなっていくのが話題のシリーズだ。

ちなみに前巻までに27人の転校生が登場し、そのうち18人はすでに学校を辞めている。物語では必要のなくなった登場人物はフェイドアウトする。だけど物語の外では同じように朝起きて学校に行って、勉強したり友達と遊んだり、時には恋をしたり——。

読み始めたはいいが、俺は集中できずに本を閉じる。

陸上部の期待のエース。それを降りた焼塩には、どんな役が回ってくるのだろう。

どんな役でも、あいつは夏の日差しのような笑顔でいるに違いない……。

そんな物思いにふけっていると、すぐ横に誰かが座った。

いつの間にか電車が混み始めたのだろう。カバンを膝に乗せて視線をめぐらすと、車内は変わらず居心地が悪くない程度に空いている。

……？　さりげなく隣をチラ見すると、見知らぬツワブキの女生徒が、カバンを胸に抱きしめて座っている。女生徒は肩の下あたりまでのストレートヘア。目を伏せて、小声でブツブツ呟《つぶや》いている。怖い。

俺は静かに席を立つと、隣の車両に移って腰を下ろす。

……さっきの人、なんだったんだ。

お気に入りの席があり、そこに座れないと不安になる人がいるって話は聞いたことがある。

きっと俺が座っていた席がそうなのだろう。速やかに場所を譲ったし、いいことしたな。

自己完結していると、再び隣に人の気配が。

恐る恐る横目で見ると、さっきの女生徒が再び俺の隣でブツブツ呟いている。

え、待って本気で怖いんだけど。まさか俺にしか見えない的なアレだったらどうしよう。

うつむいて怯《おび》えていると、電車が速度を落としだす。渥美《あつみ》線の終点、新豊橋《しんとよはし》駅に着いたのだ。

他の乗客に混じって降車したが、隣にいた人、俺の後ろにぴったりついてきてるぞ。

逃げ出したくなる気持ちを押さえつつ、改札を抜けると同時に走り出した。

俺も男子だ。簡単に追いつかれは――。

「ちょーっと待って！」

簡単に追いつかれた。駅を出てすぐの南口広場で、謎の女子が俺の腕をつかむ。

「なんですか⁉　お金ならありませんよ！」

謎のツワブキ女子は俺の腕をつかんだまま、叫ぶように言った。

「お茶！　君、私とお茶とか飲まない？」

「……へ？」

これってひょっとして逆ナンというやつか。さえない男が見知らぬ少女に声をかけられるのはラノベの定番だが、思ってたのとちょっと違う。かなり違う。

「水筒持ってるから大丈夫です！　いや、だから離してくれませんか⁈」

全力で逃げようとするが、反対にズルズルと引きずられる。

「お茶飲むだけだから！　なんにもしないから、ちょっとだけ付き合って！」

ラブコメ主人公、実はこんな怖い目にあっていたのか。やはりこれからは異世界だ。

俺はそんなことを思いながら、すべてをあきらめて頷《うなず》いた。

◇

謎のツワブキ女子に捕まった豊橋《とよはし》駅南口広場。
そこに面したコーヒーショップで、俺はその女子と向かいあっていた。
この店を選んだ理由は単純明快――すぐ隣が交番なのだ。
俺は『本日のコーヒー』をすすりながら、上目でコッソリと姿を確認する。
うつむき加減でハッキリ顔は見えないが、少なくとも知り合いではない。
小顔で細身。スポーツでもやってそうな身体《からだ》つきだ。
二層になったイチゴとヨーグルトのドリンクを、チビチビと飲んでいる。
山賊みたいな女のわりには、可愛《かわい》らしいモノ飲むんだな……。
「えーと、俺たちどこかで会いましたっけ」
山賊女子がビクリと身体を震わせる。
「ぬ、温水《ぬくみず》君の好みのタイプって、どんな子?!」
なんだいきなり。というかこの人、俺の名前知ってるんだが。
怖くて黙っていると、山賊女子がようやく顔を上げた。
丸い瞳に涙を浮かべ、唇はわずかに青ざめている。
「あの、温水君の好みのタイプ……」
その会話、まだ続いていたのか。この人、絶対俺の好みのタイプとか興味ないだろ。

「えーと、俺の名前を知ってるってことは、なにか用事でもあるんですか？　それとも誰かに言われてきたとか」

そう、いじめ的なものなら速やかに交番に連れていくのだ。

ドッキリ的なものなら――やっぱり交番だ。交番、助かる。

俺の言葉に固まっていた山賊女子は、突然周りを見回しながら声をあげた。

「ほらー、やっぱ私に色仕掛けとか無理だってー！」

え？　俺、色仕掛けされてたの!?　ていうか今の、誰に向かって言ったんだ。

と、周りの席に座っていた10名ほどの客が勢いよく立ちあがる。


「キャプテンがんばって！」「その人、落ちかけですよ」「もう一息です！」


……一体なにが起こってるんだ。

俺が固まっていると、キャプテンと呼ばれた女子は頭をかきながら苦笑いをする。

「ごめんね、温水《ぬくみず》君。みんな付いてきちゃってさ」

「えっと……どなたでしたっけ」

「あー、やっぱ気付いてなかったか。ちょっと待ってね」

そう言うと女子は髪を手早くポニテに縛《しば》り、前髪をヘアピンで留める。

さっきまでと雰囲気が変わって、活発そうな明るい女子が現れた。

「はい、これなら分かるよね」

誰だっけ。ポカンとしてると、ポニテ女子は苦み増量で笑ってみせる。

「ほら、部長会で会ったことあるでしょ。女子陸の倉田《くらた》」

あ、女子陸上部部長の2年生か。そういや、何度か声をかけられたことがある。

「ご無沙汰《ぶさた》してます。というか周りの皆さんは――」

視線を向けると、女子たちはいっせいにスマホのカメラを向けてくる。

「うん。温水君の浮気現場を押さえるべく、控えていた部員たち」

「……浮気？　ええと、それってどういう意味ですか」

陸上部女子たちは目配せをすると、一斉に頭を下げた。


「「お願い、うちの檸檬《れもん》と別れてください！」」


っ?!　店内に陸上部女子たちの声が響き渡る。

駅前のコーヒーショップ。俺に頭を下げる制服姿の女生徒たち。隣は交番。

「顔を上げてください！　俺、別れる以前に焼塩《やきしお》とは付き合ってないんですが?!」

慌てて答えると、陸上女子たちがゆっくりと頭を上げる。

分かってくれたか。ホッとしたのも束の間、陸上女子が不穏《ふおん》なヒソヒソ話を始める。

「遊び……？」「ヒドすぎる」「サト子の元カレかよ」「まだ元じゃないですけど？」

まずい、根も葉もない風評被害が吹き荒れてるぞ。そしてサト子の元カレ最低だな。

味方を探して視線をめぐらすと、倉田《くらた》部長の真剣な瞳とぶつかる。

「やっぱり――遊びなの？」

「ちっ、違います！　そもそも彼女とはそういう仲ではなくて、ただの友人です！」

しん、と静まり返る陸上女子たち。

膨《ふく》れあがった緊張感が破裂《はれつ》する直前、倉田部長が片手を上げてそれを制する。

「信じていいの？」

信じるもなにも、焼塩《やきしお》とは手も握っ――たりはしたけど、男女のそういう仲ではない。

俺が真面目な表情で頷《うなず》くと、倉田部長が頷き返してくる。

「みんな座って。周りのお客さんに迷惑よ」

納得した風ではないが、黙って席に戻る陸上女子たち。

それぞれ、なんか可愛《かわい》らしいドリンクをチルチルする。

倉田部長はストローを口から離すと、静かな口調で話しだした。

「……檸檬《れもん》、順調にいけば今年のインターハイ出場が狙えるの。あの子の大学推薦《すいせん》にも関わってくるし、みんな応援してて」

周りの部員たちの様子をうかがい、話を続ける。

「文芸部との兼部《けんぶ》も、あの子が望むならと口を挟まなかったわ。だけど、あなたが彼女を本格的に引き抜こうとするなら、私たちも黙っていられない」

「え？　別に彼女を引き抜こうなんて――」

俺の言葉をさえぎるように、倉田部長が首を横に振る。

「うちの部、申請すれば自主練が認められててね。昨日、しばらく自主練をするって彼女から申請があったの。そういえば――」

唇の端にイチゴの果肉を付けたまま、倉田部長がニコリと微笑《ほほえ》む。

「昨日の放課後。１－Ｃで誰かさんと檸檬が、変な雰囲気だったったってホントかな？」

昨日のあれ、知ってたのか。そういえば周りにクラスで見た顔も混じっている。

ごまかすのは無理そうだが、人前で込みいった話をするのもな……。

俺は冷めたコーヒーを飲み干すと、カップを皿に置く。

「……先輩、二人だけでお話しできませんか？」

「え、私と二人で？」

一瞬、キョトンとする倉田部長。

「あなたと俺だけで話がしたいんです。できれば静かなところで」

「……え、えーと、少しくらいなら」

なぜか視線を泳がせながら、アタフタとスマホを取りだす倉田《くらた》部長。

「カルミアに抹茶《まっちゃ》スイーツの美味《おい》しいカフェがあるし、少し歩けばカラオケとか……あ、映画とか好き？　今週末、スロータウン映画祭ってのがあってね」

……待って、なんの話だ。スマホをつつく倉田部長の肩を一人の陸上部女子がツンツンする。

「倉ちゃん、違う違う。この人、部長同士で話つけよってってるだけ」

「……え？」

倉ちゃんこと倉田部長はポカンとした表情で俺を見つめ、次に周りを見回した。

そっと目を逸《そ》らす陸上部女子たち。正直、いたたまれない。

「えーと、すいません。そういうわけで少しお話ができたらと」

「そっ、そそそ、そうだよね！　うん、分かった！　その辺歩きながら話そっか！」

顔を真っ赤に染めて、急ぎ足で店を出て行く倉田部長。

俺はコーヒーカップを返却口に返すと、陸上部員たちに頭を下げてからその後を追う。

……なんか色々気まずいです。

◇

豊橋《とよはし》駅付近で静かなところといえばここに限る。

駅の西口、通称『西駅』界隈《かいわい》だ。時間帯によっては送迎の車が列を作るが、それを外せば駅のにぎやかさが嘘《うそ》のように人気《ひとけ》がない。

俺たちは特に話すでもなく、駅舎《えきしや》を出て右の線路沿いの通りを歩く。

小さな居酒屋が並ぶ一角が、まるで早朝のようにゆるゆると動き出している。

「すいません、時間を作ってもらって」

「こっちこそゴメンね、変な声のかけかたしちゃって。あれはないよねー」

うん、あれはない。倉田さんは恥ずかしそうに鼻の頭をかく。

「私、檸檬《れもん》に男ができたと思ってさ。それで部活を辞めるのかなって」

「それが俺だと思ったんですか？」

苦笑いで頷《うなず》く。

「君、ツワブキ祭の時も檸檬に会いに来てたでしょ？」

ツワブキ祭——確か中学の同級生が、焼塩《やきしお》にアプローチして玉砕《ぎよくさい》してたな。

「はあ、確かに陸上部に顔を出しましたが」

「あの子モテるからさ、ああ見えて男子と距離の取り方は気を付けてるの」

へえ、モテるやつは大変なんだな。

「だから、君への態度が他の男子と違うっていうか、ちょっと気になってて」

それは俺が男扱いされてないだけなのでは……？　俺は訝《いぶか》しんだ。

「だけど陸上部って恋愛禁止じゃないですよね。そんなに気にしなくても」

「だって檸檬《れもん》って、男でダメになるタイプでしょ？」

「そんなことは――」

……いや、そんなことある。

付き合ってもいない綾野《あやの》相手であれなんだから、彼氏ができたら大変だぞ……。

「確かに焼塩《やきしお》ってダメ男にハマりそうですね。うん、気を付けないと」

「……ホントだね、気を付けないと」

なぜか俺をジッと見る倉田《くらた》さん。

「だから俺の浮気現場を写真に撮って、焼塩に見せようとしたんですか？　その、俺と別れさせるために」

「まあね。陸上部期待のエースを引き抜く悪い男から、みんなで助けだそうとしたの」

と、白い歯を見せて笑う。その笑顔を見て――俺はこの人を信用しようと決めた。

再び歩き出した倉田さんの背中に向かって、俺は言った。

「……彼女から相談を受けてたんです。一緒に帰宅部入らないかって」

歩きながら肩越しに振り返る倉田さん。

「一緒に？　君と二人で文芸部も辞めるってこと？」

俺が頷《うなず》くと、倉田さんはケタケタと明るく笑う。

「あの子らしいね。陸上部だけ辞めたら悪いとか思ってるんじゃないかな。君、やっぱり巻きこまれてるじゃん」

倉田さんはもう一度笑う。

「檸檬ってすごいんだよ。あの子が入ってきた頃、同じ短距離だったからよく分かる」

「いまは先輩、短距離じゃないんですか？」

「私そこまで速くなかったから。檸檬が入ってきて、リレーのメンバーからも外れて。だから中距離に転向したの」

隣に並んだ俺が口を開こうとすると、視線でそれを制してくる。

「早い段階から次の部長をやれって言われててさ。部長が試合に出られないなんて、カッコつかないじゃん」

ありきたりな同情とかなぐさめとか。多分、この人は求めていない。

それはきっとこの人の矜持《きょうじ》で、彼女の大事な一部なのだ。

歩いていた小道の終わりが見えてきた。どちらが言うでもなく俺たちは足を止める。

「あの子、私が中距離にいったこと、まだ気にしてるのかな……」

俺が答えるべき言葉を見つけるより早く、倉田《くらた》さんは踵《きびす》を返す。

「じゃ、私は先に戻るね。みんなと合流しないと」

「はい、焼塩《やきしお》のこと色々ありがとうございます」

「こっちこそありがと。私の方でも気にかけとくから、なにかあったら言ってね」

「あの、先輩！」

俺は無意識に彼女を呼び止めていた。不思議そうな顔を向けてくる倉田さん。

「部長としてでなく先輩本人は——焼塩に戻ってきて欲しいって思いますか？」

目を丸くして答えようとした彼女は口を開いて、そのまま閉じて。

彼女は今日初めて見る、はにかむような笑顔を向けてきた。

「悪いけど。あの子の一番のファンは私だからね」

言い残して走り去る彼女の姿を見送りながら、俺は焼塩のことを思う。

いつもやたらに明るくて。そのくせやたら繊細で。

めったに弱みを見せないからこそ、あいつの笑顔が曇った時は誰かが側に——。

キキーッ！　突然の自転車のブレーキ音が、センチな物思いをぶち壊した。

ガツン。しかも俺にぶつかってきた。

「み、道の真ん中で突っ立ってると、邪魔」

「お前、いきなりなにするんだよ……」

そう、俺に突撃してきたのは小鞠《こまり》だ。前髪の間から、俺をジロリと見上げてくる。

「ぶ、部活来ずに、なにやってんだ」

――頭のおかしい女にからまれている。

そう言いたいのをこらえて、大人の俺は肩をすくめてみせる。

「焼塩を探してたんだよ。見つかんなかったけど」

小鞠は自転車から降りると、倉田さんの去った方向を睨《にら》みつける。

「……さ、さっきの女、誰だ」

「ん？　2年の倉田さん。女子陸上部の部長だよ」

「り、陸上部……？　や、焼塩のことか」

「ああ、焼塩のやつ陸上部も休んでるみたいでさ。だからお互いの情報交換してたんだ」

美人局《つつもたせ》にあいそうになったことは、誤解を招くので秘密だ。

と、自転車を押そうとした小鞠が困った顔をする。

「うえ……？」

「ん、どうした？」

「え、えと、チェーンが外れて」

ぶつかったりするからだ。

すがすがしいほどの自業自得《じごうじとく》だが、アタフタする小鞠を放ってもおけない。

俺は自転車を道の脇に運ぶと、ペダルを回してチェーンの様子を確認する。

「ははあ、これはあれだな。チェーンが外れてる」

「し、知ってる」

だよな。何度でも言うがお前のせいだぞ。だけどこれどうやって直すんだ……？

しゃがんでスマホで調べていると、小鞠《こまり》が隣に並んでくる。

「な、直りそうか？」

「んー、ネットで直し方とか調べてくれないか」

「わ、分かった」

しばらくスマホをいじっていた小鞠が、俺に画面を向けてくる。

「こ、これ、動画見つけた」

「お、ナイス」

パサ。俺の頬《ほお》に小鞠のピコピコ髪が触れる。くすぐったい。

俺がチェーンをいじっていると、小鞠がボソボソと話しだす。

「明日、ぶ、部室来る、か？」

「行きたいけど、焼塩《やきしお》のことも気になるし」

「や、焼塩のことも大切だけど、文芸部のことも考えろ」

まあ——そうだよな。いまはお前のせいで外れたチェーンを直しているが。

「しゅ、週末、卒業式だし。せ、先輩たちが制服着るの、それまでだから」

季節は３月。先輩たちの残り時間は少なくて、来年に向けた準備は待ったなしだ。

「悪い、明日は部活行くよ」

素直に謝るが、小鞠はまだもなにか言いたそうにしている。

「他にもなにかあるのか？」

「え、えと……部誌、つ、作ろうって話」

「卒業式に合わせて作るやつだろ。俺の原稿は完成したぞ」

今回の部誌は卒業式当日、サプライズで先輩たちに手渡すのだ。

めずらしく一番に原稿を完成させた俺に怖いものはない。

「そうだ、明日にでも印刷しよう。なんならいまから作ろうか」

「ぶ、部誌作るの、少し待って」

「どうした、原稿が間に合わないのか？」

「そ、それはとっくにできたけど――」

小鞠が遠慮がちに言葉を繋《つな》ぐ。

「焼塩にも、なにか書かせたい、から」

「……そうか、分かった」

小鞠が一番最初に仲良くなった１年生は焼塩だ。

今の状況にこいつなりに心を痛めているのだろう。

「それに玉木《たまき》先輩の合格発表は来週だし、結果が出てからの方がいいかもな」

「う、うん、次は玉木先輩の番、だから……」

語尾が力なく溶けていく。

3年生で理転した玉木先輩の受験は、決して楽観《らっかん》できる状況ではない。

前期試験の結果も自己採点では当落線上らしく、後期試験はさらにハードルが高くなる。

月之木《つきのき》先輩の合格以来、小鞠《こまり》がむしろナーバスになっているのを感じる。

「そういや小鞠、なんでこんな通りを走ってたんだ？　大通りから離れてるだろ」

気まずさをかき消すように話題を変えると、小鞠がハッと顔を上げる。

「え、えと――さ、最近、合格祈願で神社とか、色々回ってて。ネ、ネットでお地蔵様《じぞうさま》にお祈りするといいって、聞いたから」

「この辺に地蔵なんてあるんだ」

「お、思いつくところは回りつくしたから、駅の周り、ひたすら探してて」

それでこんなところをフラフラしてたのか。つーか、意外とこいつやることが重いな……。

「俺もヒマを見つけて探しとくよ」

「あ、ありがと……」

俺はチェーンを動画の通りに引っかけると、ペダルを逆方向に回す。

ガチリ、と硬い音がしてチェーンが歯車に巻き付いた。

「よし、完了だ」

「お、おお」

作業時間正味10分、動画サイトの勝利である。

「チェーンが緩《ゆる》んでるみたいだから、自転車屋で見てもらった方がいいぞ」

「う、うん」

立ち上がってポケットを探っていると、小鞠が白いハンカチを差しだしてくる。

「手に油が付いてるから、自分の使うよ」

「き、気にするな。そ、それより指、血が出てる」

……血？　いつの間にか切っていたのか。右手の人差し指に血がにじんでいる。

小鞠はカバンから絆創膏《ばんそうこう》をとりだすと、ハンカチで傷を押さえてから手際よく指に貼る。

「い、家に帰ったら、ちゃんと洗って貼り直せ」

「悪い、ハンカチに血が付いたんじゃないか？」

「き、気にするな」

不愛想に言うと、小鞠は俺の手をつかんだままジッと黙っている。

「……小鞠？」

「ぬ、温水《ぬくみず》。お前は、いつも人のことばかり心配してる、から」

小鞠《こまり》は乾いた唇を何度か開いては閉じて、言った。

「だ、だから、お前のことは——私に心配、させろ」

再び黙りこむ小鞠。

「お、おう、分かった……」

小鞠は無言で頷《うなず》いて俺の手を離す。

そのままなにも言わずに自転車で走り去る小鞠を見送りながら、俺は指先で絆創膏《ばんそうこう》の感触を確かめるようになぞった。

……まあ、そもそもあいつのせいだけどな。

◇

**文芸部活動報告　~特別号　小鞠知花《ちか》『或る面白い女』**

ファリア王立魔法学園の卒業パーティー。

貴族の子女が通うこの学園にふさわしく、大きな館を丸ごと会場にした豪奢《ごうしゃ》な舞踏会《ぶとうかい》だ。

大広間の片隅で、和装の太宰《だざい》が不機嫌そうにグラスを揺らしていた。

「アン・ドゥ・トロワ——ときたもんだ」

太宰は苦々しく独りごちると、グラスの中身を飲み干した。

どこからか流れてくる3拍子は、元いた世界のワルツそのものだ。

これまでのは全部嘘《うそ》で、柱の陰から金貸しが笑いながら出てくるんじゃあるまいな……。

太宰は面白くもない想像をすると、すれ違った給仕から新たな酒を受けとった。

――太宰はクビにもならずに魔法学園で教鞭《きょうべん》をとっている。

ただしここではなく、隣国のザーヴィット魔法学園の教師として、だ。

今日は盟友の三島《みしま》と共に、上役のカバン持ちでここにいるのだ。

……卒業、か。

東京帝大を除籍《じょせき》になった自分が、この場にいるのがなんとも皮肉だ。

それだけじゃない。探し人を求めてこの世界に来たはずが、いつのまにか宮仕《みやづか》えで糊口《ここう》をしのぐ日々。原稿《げんこう》を一枚いくらで売っていた頃となにが違うのか――。

新たなグラスを手にした頃には、いつの間にか音楽が終わっていた。

広間の中央で踊っていた男女が、花びらが風に舞うようにバラバラと散っていく。

太宰の視線が一人の軍服の男に留まる。三島だ。

ダンスを終えた三島は、ドレスを着た少女と腕を組んで歩いている。

不機嫌そうな太宰の姿を見つけると、少女と別れて小走りで近付いてきた。

「三島、お前ダンスなんかやるんだな」

「昔、国枝《くにえだ》夫人に教わったのを足が覚えていました。よければ一緒に踊りますか?」

歯を見せて笑う三島《みしま》に、太宰《だざい》はぶっきらぼうにグラスを突きだす。

「馬鹿いえ。それよりこのワインは悪くないぞ。もう飲んだか」

「我々は学園長のお付きで来ているんです。あまり飲みすぎないでくださいよ」

「その学園長様もどこかにお隠れになったじゃないか。俺たちは好きにやるさ」

三島は呆《あき》れながらもグラスを受けとると灯りに透かし、軽く回してから口に含む。

「ああ、ブルゴーニュのピノを彷彿《ほうふつ》とさせますね。なかなかに飲ませてくれる」

「なんだい、やけに気取りやがって。どうせ俺には赤玉ワインがお似合いだ」

太宰は三島の手からグラスを取りかえす。

「すねないでください。編集にフレンチくらいは食わせてもらってたでしょう」

「あいつら俺には安酒しか飲ませねえ。帝大出の学士様と中退の半端《はんぱ》モノじゃ扱いが違うのさ」

太宰が恨み節を続けようとした矢先、広間に若い男の澄んだ声が響き渡った。


「シルヴィア・ルクゼード嬢。私は貴方《あなた》との婚約を破棄する!」


二人が驚いて視線を向けると、大広間の中央に巻き毛の金髪の若者が立っていた。

遠目でも分かる美貌。仕立てのよい服装から身分の高さが見てとれる。

若者と向かい合っているのは、赤いドレスに身を包んだ美しい少女だ。

美しいが気の強そうな顔を、蜂蜜色の長い金髪が包んでいる。

――婚約破棄。確かに若者はそう言った。

太宰は三島の腕をつかむと、彼らを取り巻く人ごみに向かう。

「おい、あれが修羅場《しゅらば》ってやつだ。近くで見ようぜ」

「太宰さん、趣味が悪いですよ。ああ、待ってください」

修羅場とやらはまだ続いている。

シルヴィアと呼ばれた娘は、腕組みをして『で？』と、冷たく言い放つ。

若者は鼻白んで後ずさる。

「ええと、だから婚約破棄を……」

「ギュスター様、婚約破棄にも作法というものがあるでしょう。まずは私のアンヌ嬢への悪行を記した調査書はどこに？」

「え？　いや、それが君の屋敷に置いてきたようで……」

シルヴィアは額に手を当て、深い溜息《ためいき》をつく。

「だからあれほど忘れないようにと言ったじゃありませんか。ああもう――アンヌ嬢！」

「は、はい！」

突然名前を呼ばれたのは、ギュスターの背中に隠れている黒髪の娘だ。

素朴な雰囲気でありながら、隠し切れない可憐な美貌。

「仕方ありません。被害者のあなたから直接話を聞きましょう。さあ、私を断罪してください！」

「え、えーとでも、私はシルヴィア様にはとてもよくしていただいたので、断罪など……」

「……お待ちなさい、少し話が違うわ」

シルヴィアは眉根を寄せる。

「ほら、夏の林間学校であなたのドレスを破いたでしょう？　あれは我ながらひどかったわ」

アンヌ嬢は可愛《かわい》らしい顔をフルフルと横に振る。

「あれは服の中に蜂が入ったのを、シルヴィア様が助けて――」

「そんなの外伝で出てきた、後付けの設定ですわ！　ええと、ほら！　乗馬イベントで馬を暴走させてあなたの命を狙ったのを覚えてなくて?!」

「あ、あれは蜂が馬の耳に飛びこんで驚いたのが原因で……」

「それはアンソロジーで出てきたトンデモ展開ですわ！　ファンクラスタでは、蜂がらみのイベントを正史とは認めていませんことよ！」

最初は期待しながら話を聞いていた太宰《だざい》の顔に、困惑の色が浮かんでくる。

「……おい、三島《みしま》君。あの連中はなんの話をしてるんだ？」

「僕にも分かりませんが、ひょっとしてあの娘は――」

言いかけた三島の声を、シルヴィアの元気な声が塗りつぶす。

「ギュスター様！　あれだけ言ったのに、陛下に根回しの一つもしてないのですか!?　婚約破棄を甘くみてませんこと？　そんなことではあなた方が『ざまあ』されてしまいますわ！」

「な、なあシルヴィア。僕にはさっきから君の言っていることが……」

シルヴィアはギュスターの腕をつかむ。

「では私が婚約破棄のなんたるかを一から叩《たた》きこんであげます！　さあ、アンヌ嬢も一緒にいらして！」

「はい、シルヴィアお姉さま！」

シルヴィアたちは取り囲む人の輪を抜けて、足早に大広間から姿を消した。

あまりの出来事に静まりかえる出席者たち。

「太宰さん、後であの連中のこと——太宰さん？」

3人が出ていった先を酔眼で眺めていた太宰がボソリと呟《つぶや》く。


「——面白い女だ」


三島がつまらなそうに肩をすくめた。

「……あんな小娘に興味があるのですか」

「なんだ、妬《や》いてやがるのか」

その時、再び広間に音楽が流れだした。

太宰《だざい》はグラスの中身を飲み干すと、通りがかった給仕に渡す。

「決めたぞ。俺も今の自分を破棄するとしよう」

「どういう意味です？」

怪訝《けげん》な表情をする三島《みしま》に向かって、太宰が華奢《きゃしゃ》な肩をすくめる。

「教師を辞めて旅に出るのさ。学園長にはよしなに言っておいてくれ」

「待ってください。では私も一緒に」

言いかけた三島に、太宰が首を横に振る。

「君は教師を続けたまえ。それに君には――お願いしたいことがある」

太宰は不意に声を落とす。真剣な表情で頷《うなず》く三島。

「……僕にできることなら」

「少しばかり手元不如意《てもとふにょい》でね。路銀《ろぎん》を用立ててもらえないか」

しばらく黙っていた三島は、深く溜息《ためいき》をつく。

「あなたという人は……」

「なに、やることを済ませたら帰ってくるさ。それまで君は待っていてくれたまえ」

「待てと言いますが、待たされる方の身にもなってください」

三島の抗議を右から左に受け流すと、太宰は気楽な笑いを浮かべて、言った。

「どうも俺には、待たせるほうが向いている」

◇

その日の晩。俺は自室の机でノートにシャーペンを走らせていた。

今年度もあと一か月。そろそろ文芸部の新歓計画を立てる必要がある。

ポスターとチラシの作成と部誌の作成。そしてなにより悩ましいのは、新入生オリエンテーションでの部活紹介だ。

俺と小鞠《こまり》が体育館のステージで部活紹介――なんだか事故の予感しかしない。

見た目だけなら八奈見《やなみ》がいるが、文芸部に興味を持つ新入生など陰キャに決まっている。オシャレで顔のいい女を出すと、かえって委縮《いしゅく》する可能性があるのだ。

対策として、八奈見には紙袋をかぶって出てもらうのはどうだろう。

「……ありだな、それ」

ノートにアイデアを書きこんでいると、人差し指に巻いた絆創膏《ばんそうこう》が目に入った。

小鞠には貼り直せといわれたが、なんとなくそのままにしている。

ぼんやりそれを眺めていると、

「お兄様、指の手当てをしなくて大丈夫ですか？」

背後から佳樹《かじゅ》の声が聞こえてきた。

振り向くと、俺のベッドに座って佳樹が編み物をしている。

「風呂上がりに貼りかえるから、このままで大丈夫。それよりいつ部屋に入ってきたんだ?」

「ずーっといましたよ。それはそうと、編み物ってむずかしいですね」

佳樹は可愛《かわい》らしく首をかしげながら編み棒をあやつる。

編み棒の先には小さな袋状の物がぶら下がっているが、一体なにを作ってるんだろ。

「こんな時期に編み始めても、できる頃には夏になってないか」

「昔から十月十日《とつきとおか》といいますから。いまから少しずつ準備を始めようかと」

佳樹はニコリと笑顔をみせる。

なんの話? えーと十月十日って確か、赤ちゃんが生まれるまでの日数で——。

「まさか佳樹お前っ?!」

椅子《いす》を倒しながら勢いよく立ちあがると、佳樹は俺の慌てぶりにニコリと笑う。

「まさかまさかの違います。佳樹ではなく、お兄様の方ですよ」

なんだ、佳樹じゃなくて俺の方か。俺はホッと息をつきながら椅子を起こす。

「で、俺と十月十日になんの関係があるんだ」

佳樹は編み物の手をとめると、真面目な顔で俺を見つめてくる。

「隠さなくてもいいんです。ついにお兄様、焼塩《やきしお》さんと結ばれたんですよね?」

「いや、ぜんぜん違うけど」

突然なにを言いだしたのか。佳樹はウットリとした表情で、天井を見上げる。

「佳樹は確かに見たのです。潮風の中、手をにぎり抱擁《ほうよう》する二人の姿を。その尊《とうと》い光景は宗教画にも等しく、佳樹の頰《ほお》を知らずと涙が――」

えっ、佳樹あそこにいたの？　確かに事情を知らねば勘違いされてもしかたない。

「いやあれは、岩場から落ちそうになったところを助けてもらっただけだし」

「助けると、手を恋人つなぎするんですか？」

……こいつ、視力いいな。

「だからそれも勢いというか流れというか」

「はい、勢いや流れは大切です。だから、お兄様と焼塩さんが流れ流された時に備えるのは妹の責務なんです」

佳樹は編み物を再開する。

「それで佳樹がさっきから編んでるのは」

「靴下です。そろそろ片方が編みあがりますよ」

「……ずいぶん小さな靴下だな」

佳樹はニコニコ微笑《ほほえ》んだまま、編み棒を動かし続ける。

「佳樹のこと、なんて呼んでもらいましょうか。佳樹おばさん、佳樹姉――友達感覚で佳樹ちゃんもいいですね。いまから、どう呼んでもらうか考えないとです」

俺の子供……？　温水《ぬくみず》家って、男だけで子供作れたっけ。

佳樹《かじゅ》の暴走癖《ぼうそうへき》は今に始まったことではないが、今回ばかりは誤解の根が深すぎる。

「お兄ちゃんの話聞いてたか？　さっきも言ったが焼塩《やきしお》さんと俺はそんな関係じゃ――」

「佳樹ママはどうでしょう！　お兄様の子供にそう呼ばれれば、佳樹がママといっても過言ではありません！」

過言すぎる。

「さらに一歩踏みこめば、佳樹とお兄様が夫婦になるも同然です！」

「その一歩大きすぎない？」

「すぎないです」

そっか……すぎないか……困ったな……。

佳樹は俺と背中合わせに座り直すと、鼻歌交じりで編み物を続ける。

俺は背中に佳樹の体温を感じながら、こっそりと溜息《ためいき》をついた。

◇

それから二日が経《た》ち、卒業式を翌日に控えた木曜日の昼休み。

水道の巡回を終えた俺は、コーヒーでも買おうと自販機のサンプルを眺めていた。

財布から小銭を取りだしていると、誰かが声をかけてきた。

「──あら、お一人ですか？」

「え？　そうだけど」

声の主は生徒会の馬剃天愛星《ばそりていあら》。彼女は一緒にいた友達と別れて、俺の隣に並んでくる。

……ああ、そうか。俺は自販機の前から一歩下がる。

「俺はまだ決まってないからお先にどうぞ」

「いえ、私は買いませんよ？」

じゃあなんで俺のところに来たんだ？　さっさと買って去ろうとすると、これ見よがしにスマホをいじる天愛星さんの姿が目に入る。

「あれ、馬剃さんってガラケーじゃなかったっけ」

「最近スマホにしたんです。生徒会で一人だけ違うとなにかと不便だと気付いたんです」

ウキウキ天愛星さんは笑顔でスマホをつつく。

「ＬＩＮＥも始めたんですよ。温水さんもやってますか？」

「やってるよ。部活とかで連絡とるのに便利だから」

「はい！　やはり連絡をとるにはＬＩＮＥですよね！」

なぜか目を輝かせ、俺にスマホを見せつけてくる天愛星さん。

「？　あ、はい。そうだね」

「…………はい、そうです」

急にテンションが下がる天愛星《てぃあら》さん。なんなんだ。

そのまま無言でスマホをいじっていた天愛星さんがボソリとつぶやく。

「……温水《ぬくみず》さん、ＬＩＮＥをやってますか？」

?!　なんで話が戻った。俺、タイムリープでもしたのか。

「この話、さっきもしなかった？　俺の気のせい？」

「すみません、最近ちょっと記憶が飛ぶんです」

「それ、病院行った方がいいんじゃない？」

俺の心配をよそに、天愛星さんは咳払《せきばら》いで仕切り直して話しだす。

「先日、生徒会でカラオケに行ったんです。ほら、ビデオを撮ったので見ますか？」

……面倒くさい。面倒だが天愛星さんがスマホを渡してくるので、仕方なく受けとる。

画面の中では両手でマイクを持って歌う会長の動画が流れている。

「えっと、この曲なんだっけ」

「てんとう虫のサンバです。会長が親戚の集まりで歌うので、みんなで練習に行ったんです」

その次は会長と桜井《さくらい》君がデュエットしてる写真だ。

画面に出ている曲名は、銀座の恋の物語……？

「相変わらず会長は立ち姿もお美しいです。やはり高潔さが姿に出るのですね」

ウットリと画面を眺める天愛星さん。

確かに会長は立っているだけで絵になるし、凜《りん》とした美人とはこのような人を言うのだろう。

曲の趣味はちょっと——いや、かなり古いが。

「会長って確かに姿勢がいいね。スポーツでもやってたの？」

「中学では陸上をしていたそうです。体幹《たいかん》がお強いのでしょう」

ふうん、最近陸上に縁があるな。それにしても会長の写真が多い。撮りすぎて連続写真みたいになってるし、ドリンクバーでカルピスを注ぐ写真を撮る必要はあるのだろうか。

画面を送っていた俺の指が止まる。カラオケ店のソファで足を組む志喜屋《しきや》さんが、身を乗りだして、口にくわえたポッキーを撮影者に差しだすシーンだ。

……この写真の志喜屋さん、胸元がちょっと危ないな。

危ないのでもう少し確認しないと。写真を明るくするのってどうするんだっけ。

「……温水さん、その写真をやけに気にしてませんか」

「…………気のせいです」

横に天愛星さんがいるの忘れてた。

素知らぬ顔で画面を送ると、カラオケ店から場面が変わる。

場所はおそらくツワブキの教室。そしてそこに映っているのは——俺だ。

「あれ、これってこないだの」

「！」

言い終わるが早いか。天愛星《ていあら》さんは俺の手からスマホを奪い取ると、
ズバン！　思いきり自販機横のゴミ箱にスマホを叩《たた》き込んだ。

「えっ⁈　なにやってんの天愛星さん⁈」

「なっ、なんでもありません！　急にスマホを捨てたい気分になっただけです！」

ええ……情緒《じょうちょ》不安定すぎる。

「さっきの写真、見たらまずかった？」

「だ、だからさっきの写真は志喜屋《しきや》先輩が勝手に！」

「えーと、学校見学会の写真だよね。志喜屋先輩が撮ったやつ」

顔を真っ赤にしてワタついていた天愛星さんがピタリと止まる。

「？　記録写真とか言ってたし、その中の１枚でしょ？」

「……あ、はい」

なんだなんだ、急に大人しくなったぞ。

「分かんないけど、スマホは大丈夫？」

「ええ、大丈夫です。それより明日、卒業式ですよね」

「ああ、そうだけど」

……って、ホントに大丈夫？　スマホだぞ？

ソワソワする俺に構わず、ポツポツと話しだす天愛星さん。

「それで3年生がいなくなる前にと、去年の生徒会資料を整理してたのですが。月之木《つきのき》さん、仕事はちゃんとしていたようですね」

「へえ、意外だな」

「はい。書類も正確だし、面倒な調査もきちんと終わらせてました」

去年の生徒会には、半年ほどとはいえ月之木先輩が副会長として在籍していた。

あの人が生徒会なのも意外だが、真面目に仕事をしていたのはもっと意外だ。

驚く俺の顔を見て、天愛星さんが肩をすくめる。

「まあ、本人自体が要注意人物ですから、帳消しといったところですが」

「でもあの人、いいところもあるからね？」

俺のフワッフワのフォローに、天愛星さんは笑顔を見せる。

「はい、最近ようやく温水《ぬくみず》さんの言うことが分かってきました」

よく分からんが、年末のナマモノBL本の一件以降、あの人を少しは認めてくれているらしい。認めた理由はあえて考えないことにする。

「それならよかった。あの人も明日で卒業だしね」

「ふふ、寂しいけど本音ではちょっとホッとしてます」

口に手を当て笑いをこらえる天愛星《てぃあら》さん。つられて思わず笑っていると、

――ガシャガシャガシャ。軽い金属音が聞こえてきた。

見ると、清掃の人が自販機横のゴミ箱から空き缶を回収している。

「……天愛星さん、本当にスマホは大丈夫？」

「ですからお気になさらず。それと下の名前で呼ばないでください」

天愛星さんはキッパリ言うと、正面を向いたまま背筋《せすじ》を伸ばす。

「もし、月之木《つきのき》さんとのことを気になさっていたらと思って。一度ちゃんと話をしておきたかったんです」

ああ、それで俺に絡んできたのか。

「わざわざありがと。そんなに気にしなくていいのに」

「それと――さっきの写真ですが、誤解しないでくださいね」

「ツワブキ祭の写真のこと？　俺が映ってたやつ」

「あ、あれはそういうことではなく！　その、あの……私は温×虎が推しではありますが、現実と区別はついてますので！」

……なんか嫌な単語が聞こえてきたぞ。

「あの、温×虎って一体」

「えっ、あの、解釈違いでしたらすみません！　それに私こう見えて、わりとなんでもわりと

いけるというか、雑食ですからご安心を！」

安心な要素がないし、この人は口を開かない方がいい。

と、空き缶の回収を終えた清掃の人が、袋を両手に下げて去っていく。

「スマホ、本当に大丈夫？　ゴミ箱の中身、回収されちゃったけど」

「……はいっ?!」

俺の視線を追った天愛星さんは、小さく悲鳴をあげる。

「あっ、ちょっ、ちょっとすみません！　そのゴミ、待ってください！」

慌てて走り出す天愛星さんの後ろ姿を見ながら、俺は先ほどの会話を思い返す。

天愛星さんは温×虎（♂）推しで俺が攻め――じゃなくて左か。右よりはましかな……。

◇

卒業式の朝は、どことなく不思議な気分だ。

抜けるように青い空。東門の向こう側に並んだユリノキは葉を落としたままだが、冬から春に移り変わったのが、頬《ほお》に触れる空気で分かる。

東門前の横断歩道で信号待ちをしていると、俺の横で自転車が止まった。

「あれ、温水《ぬくみず》君。いつもこんなに早かったっけ」

自転車から降りながら声をかけてきたのは八奈見《やなみ》だ。俺は軽く手を上げる。

「なんかちょっと落ち着かなくて。別に俺たちの卒業式じゃないけどさ」

「あー、分かる分かる。卒業式の日って在校生もちょっとセンチになるよね」

八奈見は軽く髪を撫《な》でつけながら、しんみりとした口調で続ける。

「先輩たちとも今日で最後だね」

「ああ。放課後、部室に集まるけど八奈見さんも来れる?」

「うん、仲良しの先輩にあいさつしたら私も行くよ。それに――」

八奈見は周囲をチラリと見ると、声を落として続ける。

「バスケ部の元キャプテンに最後に会いたいって言われてさ。いやー、断ろうと思ったんだけど、しつこくてー」

なぜか得意気な表情で、髪をクリクリいじる八奈見。

「ふうん。そんなことより、今日は午前中で学校終わるよね。先輩たちを昼食に誘ってもいいものかな」

「……待って、私の話に興味ない⁉　あるよね⁉」

いや、ないけど。ていうか興味なさすぎて、話をよく聞いてなかったぞ。

「えっと、バスケ部の元キャプテンと――フリースロー対決をするんだっけ?」

「しませんけど⁉　それにちゃんと断りましたけど⁉」

じゃあなぜそんなに絡む。

「ごめんって。卒業式に気をとられてたんだって」

「はいはい、信号が青になったよー」

不機嫌八奈見と並んで横断歩道を渡る。さて、朝から面倒だな……。

「だから八奈見さんの話に興味がないわけではなく、そもそも聞いてなかったから……じゃなくて、ええと今朝は太陽がまぶしくて、だから――」

俺の早口の弁解に、八奈見は諦めたように溜息《ためいき》をつく。

「その必死さに免《めん》じて許してあげるよ。卒業式だし、温水《ぬくみず》君がセンチになるのも仕方ないか」

んー、これがセンチな気分なのかな……。

考えていると、八奈見がニヤニヤと俺の顔をのぞきこんでくる。

「卒業式で温水君、泣いちゃったりして」

「俺、そんなキャラじゃないって」

「分っかんないよー、雰囲気でウルッてくるから。泣くときは私の胸、貸したげよっか」

「その時はハンカチでも貸してくれ」

自転車置き場に向かう八奈見と別れると、俺は下駄箱に向かいながらユリノキを見上げる。

2年後におとずれる自分の卒業式。そこで俺は涙を流したりするのだろうか――。

◇

始まった卒業式は順調に進んでいた。

校長先生の話も終わり、卒業証書授与《じゅよ》に移る。

とはいっても全員が壇上《だんじょう》に上がるのではない。クラス代表の他は名前を呼ばれたら、その場で立ち上がって返事をするだけだ。

次々と読みあげられていく名前が、否応なしに卒業までのわずかな時を刻んでいく。

卒業生の間からすすり泣きが聞こえてきて、その空気に当てられたのか、在校生の中にもチラホラと鼻をすする音が——。

「八奈見《やなみ》ちゃん、大丈夫?」「ほらティッシュあるから」「食べちゃダメだよ」

……八奈見がメッチャ泣いてる。

「うぅー、なんか雰囲気にもってかれたよー」

チーン。八奈見は女友達にもらったティッシュで鼻をかむ。

通常運転の八奈見に、なぜか俺はホッとする。

読みあげられる卒業生の名前に集中すると、現在呼ばれているのはE組の後半だ。

文芸部の３年生二人は次のＦ組。だからいま読まれている名前は、俺には意味のない言葉の羅列にすぎなくて――あれ、いま呼ばれたパルルさんって人、どんな字書くんだろ。

声も可愛《かわい》かったし、後ろ姿を見逃《のが》したのは惜しかったな……。

３年Ｅ組ヨドバシ・パルルさんに想いを馳《は》せるうちに、Ｆ組の生徒の名前が呼ばれ始めた。

落ち着かずにソワソワしていると、聞き慣れた名前が呼ばれた。


――玉木慎太郎《たまきしんたろう》。


静かに立ちあがった玉木先輩は、低く「はい」と答えてすぐに座る。

背の高いこの人も、座れば生徒の群れにまぎれてしまう。

首を伸ばして姿を探しているうちに、次々と名前が呼ばれていく。

と、再び聞き慣れた名前が聞こえる。


――月之木古都《つきのきこと》。

後ろ髪を二つに縛った女生徒が勢い良く立ち上がると、食い気味に「はいっ！」と明るい声を響かせた。

月之木《つきのき》先輩が座ると、次の生徒の名前が呼ばれる。
……これで終わりだ。
もちろん卒業式は続いている。
だけど二人の高校生活はすべてのイベントを終えて、後はエピローグを眺めるだけだ。
拍子抜けするほど淡々と式は進み、気がつけば在校生代表の祝辞《しゅくじ》が始まった。
——在校生代表、放虎原《ほうこばる》ひばり。
語りかけるような彼女の声が、どことなく浮わついていた体育館の空気を引き締める。

1年前の中学の卒業式。泣いている生徒がいた。
それを内心、冷めた目で見ていたのを覚えている。
だけど今の俺は、その気持ちが少し分かる。
ただ寂しくて。名残惜《なごりお》しくて——って、八奈見《やなみ》まだメッチャ泣いてるな。
俺はセンチな気持ちを苦笑いで塗り潰すと、先輩たちの卒業を心の中で祝福した。

◇

俺の感傷とは無関係に、卒業式は流れるように終わった。

体育館の撤収《てっしゅう》を終えて教室に戻る。今日は授業がないのでＨＲで最後だ。

さすがの甘夏《あまなつ》先生も、今日ばかりはしんみりとした表情で俺たちを見回す。

「今日はいい卒業式だったな。生徒会長の祝辞と前会長の答辞《とうじ》は、やらせ――じゃなくて、事前に練《ね》りこんであったんだろうな。実にあれで、その……あれだった」

がんばれ語彙力《ごいりょく》。甘夏先生の微妙トークはさらに続く。

「実は先生、卒業式の日に男子に連絡先を聞かれたんだぞ。しかも５人。つまり先生だってその気になれば彼氏くらいちょちょいってことだ。高坂《こうさか》のやつ元気にしてるかなー」

夢見る表情で過去の栄光にひたる甘夏先生。と、その表情が急に曇る。

「……待て。あいつらみんな、小抜《こぬき》ちゃんも誘って遊びに行こうって言ってたよな。ひょっとして私、小抜ちゃんを釣るためのエサだった？」

数年越しの真実に、ガクリと教卓に突っ伏す甘夏先生。

「どうりで二人で遊びに行こうって言ったら、どいつもこいつも返事がこないわけだよ……」

静まりかえる１－Ｃ。甘い記憶が苦みに変わる瞬間を味わっていると、隣の教室からガヤガヤと話し声が聞こえてくる。ＨＲが終わったらしい。

甘夏先生は顔を伏せたまま右手を上げると、ヒラヒラと振る。

「あーもう、今日は解散。知り合いがいるやつは名残《なごり》を惜しんでこい。甘い思い出とか作ったら承知しないからなー」

甘夏《あまなつ》先生はこんな日までこんなだが、クラスの連中は慣れたもので速やかに席を立つ。

ふと焼塩《やきしお》の姿を探すと、足早に教室から出ていくところだ。

追う決心もつかないまま迷っていると、ケロリと元気になった八奈見《やなみ》が声をかけてきた。

「私、東門の方で知り合いにあいさつしてくるから。部室には後で行くねー」

「ああ、分かった」

東門から続くユリノキの並木道。卒業生はそこで写真を撮ったりするのが恒例《こうれい》らしい。

玉木《たまき》先輩たちもいまはそっちにいるだろうし、俺も様子を見にいこうかな……。

女友達と教室を出ていく八奈見を見送ると、俺も席を立つ。

人の流れを避けながら廊下を歩いていると、隣に男子生徒が並んできた。

袴田草介《はかまだそうすけ》。八奈見の幼馴染《おさななじみ》で、姫宮華恋《ひめみやかれん》の彼氏だ。

「温水《ぬくみず》、お前も並木道行くのか」

「ちょっと様子でも見にいこうかなって。小説のネタになるかもしれないし」

「さすが文芸部だな。杏菜《あんな》は最近、小説書いてるのか」

「最近はよく書いてるな。袴田には見せてないんだ?」

袴田はさわやかな笑顔で肩をすくめる。

「俺経由で家族にバレるのが嫌だから、見せたくないってさ」

ふうん、そういうものなのか。

まあ確かに、家族の書く小説なんて読むもんじゃないよな。特に妹の書く小説とか。

そんなことを話しながら歩いていると、ハサミをカチャカチャさせながら、複数の女子生徒が小走りで追い越していく。

「なにあれ。バトルでも始まるのか」

「卒業生の第2ボタンもらうやつって昔からあるじゃん。あれだよ」

「決闘で勝った人がボタンを手にする的な……？」

ツワブキにそんなラノベ的風習があったとは。袴田が笑いながら掌《てのひら》を横に振る。

「うちの制服ってボタンが上着に縫《ぬ》いつけてあるだろ。だから、もらう時にはハサミ持参で切らせてもらうんだよ」

なるほど。確かにどうやってボタンを外すのか前から疑問だったんだよな。卒業生が自分でハサミを持ち歩くのって、かなり恥ずかしいし。

「それに知ってたか？　付きあってる卒業生同士は、第2ボタンと第2リボンを交換するらしいぞ」

「へえ——って、第2リボンってなに?!」

「だから上から2番目のリボンだよ。俺も再来年は華恋と交換できるように頑張らないとな」

袴田は何気ない口調で答える。

第2リボンってそんな普通の概念なの？　俺っておくれてる？

周りからハサミ女子の姿が消えた頃、袴田《はかまだ》が声をひそめてたずねてくる。

「……温水《ぬくみず》。最近焼塩《やきしお》さんとなんかあったのか？　杏菜《あんな》が気にしてたぜ」

「あー、それは」

あいつ、デートを付け回して俺をファミレスで弾劾《だんがい》するくらいには心配してるんだよな。

これも体育会系女子と八奈見《やなみ》系女子の異種族間の友情ってやつなのだろう。

「有名人にはそれなりの苦労があるみたいでさ。姫宮《ひめみや》さんの彼氏なら分かるだろ？」

俺は軽口でごまかすと、廊下の窓から並木道を見下ろす。

行きかう卒業生と在校生が入り交じり、あの中で知り合いを探すのは骨が折れそうだ。

先輩たちの姿を探していると、木の幹に隠れて様子をうかがっている女子が目に入った。

ショートカットに、均整の取れた細身の身体《からだ》は……焼塩か？

思わず足を止めた俺の視線の先、焼塩の背後から近付いていく女生徒は——月之木《つきのき》先輩だ。

◇

……3年間、このユリノキの並木道を通ってきた。

ツワブキ高校3年F組、だった月之木古都《こと》は眼鏡越しにユリノキの枝を見上げた。

葉が落ちきった枝に、早くも新芽が顔をのぞかせていた。

この芽が開ききる頃には、自分は豊橋《とよはし》を離れている。

新たな生活はまだ想像もつかないが、きっと近くに慎太郎《しんたろう》もいるはずだ――。

物思いにふける古都の頭で、証書入れの筒がポンと軽い音をたてた。

「よっ、大学合格おめでとう」

明るい声をかけてきたのは女子陸上部の前部長、寺井桃《てらいもも》。整った精悍《せいかん》な顔に、親しげな笑みを浮かべている。

「ありがと。まさか私が先に決まるなんてね。桃は大丈夫？ 死相が出てるわよ」

「言っとけ。滑りどめは受かってるから、東京行きは決まってるし」

桃は古都と並んでユリノキの枝を見上げる。

「うちのお姫様の件では、古都にずいぶん世話になったね」

「お礼にはまだ早いと思うけど。あの子、最近陸上部を休んでるんでしょ？」

桃は溜息《ためいき》をつくと、古都の肩にひじを置く。

「ちょっと色々あってなあ。気にしてるやつに、うちらは気にしてないって言っても仕方ないだろ？ それにうちらは」

「……今日で終わり、だしね」

古都は桃の陽に焼けた髪越しに、飽きるほど目にした校舎を眺める。

いつかこの光景が郷愁《きょうしゅう》に変わるのだろう。

だけどあと一度、校門をくぐるまではここは自分の居場所だ。

自分にこんな感傷的な部分があることに驚いていると、視界の端、ユリノキの陰にチラチラと小麦色の顔が見え隠れしている。

「桃《もも》、まだここにいる？」

「ああ、陸上部のみんなと写真撮るから。なんかあるのか？」

「少しだけ、お礼を上乗せさせてやろうと思ってね」

不思議そうな顔をする桃から離れると、古都《こと》は一本のユリノキに歩み寄る。

桃の姿を追っているのか、自分に気付いていないのを確認すると背後から声をかける。

「焼塩《やきしお》ちゃん、あっちに行かなくていいの？」

「月之木《つきのき》先輩?!　えっと、卒業おめでとうございます。あの、あたし――」

古都は焼塩の隣、ユリノキの幹に背を預ける。

「行かないなら少しお話ししよっか」

「え、でも……」

困惑する焼塩の頭を、証書の筒でポンポンと軽く叩《たた》く。

「君と私、二人で話す機会ってあんまりなかったでしょ。最後くらいお話ししようよ」

「……ですね、あたし部室にそんないなかったし」

根負けしたのか、焼塩は古都と同じように幹に背中を付ける。

「桃に会いに来たんじゃないの？　女子陸の連中、あっちに集まってるよ」

「なんかいま陸上部休んでるから顔出しにくくて。それを言えば文芸部もですけど」

焼塩は気まずそうに顔をふせる。

「まあね。温水《ぬくみず》君を選ぶとは、いい趣味してるじゃない」

「そういうのとは、少し違うんですけど……えーと……やっぱ、マズかったですよね」

「別にいいんじゃない？　彼は誰のものでもないんだし」

驚く焼塩に、古都がおどけるように肩をすくめる。

「私もやらかして生徒会逃げだしたクチだしさ。人のことは言えないよ」

「……先輩が生徒会辞めた理由って」

「平たく言うと——男女関係ってとこね」

「うわ、ど真ん中ですね」

顔を見合わせて笑う。

「あたしの場合、そんなカッコイイものじゃないですから」

「焼塩ちゃん自身の問題なんだから、カッコイイも悪いもないと思うけどな」

古都はスマホを取りだすと、不意に焼塩の肩に手を回す。

そして自撮りモードでシャッターを押す。

「好きにしていいのよ。決めるのも、責任とるのも自分なんだから」

スマホの画面には笑顔の古都《こと》と、目を丸くした焼塩《やきしお》の顔。

「まずは、焼塩ちゃんが会いたいと思う人たちに顔見せてきなさい」

「でも、あたし全部投げ出そうとして。文芸部からはぬっくんを――」

「それを非難できる人なんていないでしょ。それにね」

古都は焼塩の両肩をつかむと、その身体《からだ》をクルリと回して背中をポンと押す。

「お姉さんたちはね、意外と大人よ。行ってあげなさい」

「――――はい！」

走り出した焼塩は途中で一度立ち止まると、振り向いて古都に頭を下げて、そして今度は立ち止まらずに走り去った。

自分ができるのはここまでだ。走り出したあの子を、止められる人なんていないのだ。

「温水《ぬくみず》君なら上手《うま》くやってくれるでしょ……多分」

古都はそう独りごちると、可愛《かわい》い後輩たちの健闘《けんとう》を祈った。

◇

俺が校舎から出ると、ユリノキの並木道は卒業生でにぎわっていた。

笑顔で写真を撮り合う陽キャたち。なぜか校歌を歌っている連中はきっと陽キャだし、涙ながらに抱きあう女生徒――これもきっと陽キャだ。

この期におよんで連絡先の交換をしている男女は、陽キャというより爆発すればいい。

なんとなく気になって月之木《つきのき》先輩と焼塩の姿を探していると、

「温水じゃないか。俺をむかえに来てくれたのか？」

視界の外から聞き馴染《なじ》みのある声がかけられた。玉木《たまき》先輩だ。

「野次馬というか、ちょっとこの辺の様子を見に」

玉木先輩は証書筒を軽く掲げると、俺に近付いてきた。

久しぶりに見る先輩はかなりやつれていて、目の下にはクマまである。

「ちょうどいい、一緒に部室に行こうぜ」

「あれ、ここはもういいんですか？」

「クラスの連中とは写真も撮ったし、今度同窓会で会うしな」

へえ、早くも同窓会なんてあるんだ。

「卒業式当日にやるんじゃないんですね」

「大半は受験の結果がまだだからな。それどころじゃないというか」

疲れた笑いを浮かべる玉木先輩。受験生は大変だ。

「え、そんなことより。先輩、ボタンなくないですか?!」

そう、玉木先輩のブレザーから第２ボタンがなくなっているのだ。

「よく分かんないけど、知らない1年生の子がどうしてもって」

ポリポリと鼻の頭を書く玉木《たまき》先輩。

「まさか告白されたとか……？」

「そういうのはないよ。俺に彼女いるって知ってたし、思い出にボタンだけでもって。いや、よく分かんないけどさー」

うわ、この人まんざらでもなさそうな顔してるぞ。

「……それ、月之木《つきのき》先輩は大丈夫ですか？　恋人同士ってリボンとボタンを交換するんでしょ」

「あ」

玉木先輩の表情が凍りつく。この人、浮かれて彼女のこと忘れてやがった。

「えーと、やっぱマズいよな。ボタン、どこかで売ってたっけ」

「今日は購買やってないですよ。こうなったらあきらめて叱《しか》られましょう。うん、それがいい」

彼女持ちにも関わらず、後輩にボタンをあげるとか。少しくらいはお灸《きゅう》をすえられたほうがいい。私怨《しえん》100％で冷たく言いはなつ俺に、玉木先輩がパンと両手を合わせる。

「温水《ぬくみず》頼む！　お前の第2ボタンをくれ！」

は?!　玉木先輩、実は俺に想いを？

って、んなわけないな。俺のボタンを代わりに自分の制服につけるのだろう。

「いいですけど、ハサミとか持ってます？」

「ないけど、お前ソーイングセット持ってるだろ。前に部室で八奈見《やなみ》さんのブラウスのボタン付けてたじゃん」

……あの場面、見られてたのか。

その日、何回目かのリバウンドに耐えられず、八奈見のボタンがはじけ飛んだのだ。

「ええと、妹に持たされたのがカバンにありますけど」

「じゃあ頼むよ。ここじゃ人目に付くから、中庭で待ってるな」

玉木先輩はコソコソとその場を立ち去る。

仕方ない、ソーイングセットを取りに教室に戻るか。

振り返ると、なぜか天愛星《ていあら》さんがハンカチで鼻を押さえたまま立ちつくしている。

「あれ、馬剃《ばそり》さんなんか用？」

「え、あの私、月之木さんに挨拶《あいさつ》しようと探していて……」

「ああ、先輩ならまだ並木道にいるんじゃないかな」

答えたにもかかわらず、天愛星さんは俺を見つめたまま固まっている。

「……ええと、他にもなにか？」

「わ、私、口は堅いですから！　安心してください！」

言い放つなり、踵《きびす》を返して走り去る天愛星さん。

……？　相変わらず、わけの分からない人だな。

俺は小さく溜息《ためいき》をつくと、教室に向かった。

◇

俺は中庭のベンチで、針仕事に精をだしていた。玉木《たまき》先輩のブレザーは俺のより少し大きくて、自分と同じデザインなだけにどこか不思議な気分になる。

「悪いな、久しぶりに会うなりこんなことさせて」

両手に缶コーヒーを持った玉木先輩がベンチの隣に座る。

「本当に久しぶりですよね。えーと、来週が合格発表でしたっけ」

「ああ、もしダメなら直後に後期試験だ。いまの追いこみ、無駄になることを祈ってるよ」

そう言うと疲れた笑いを見せる。

「そういや部室の私物も引きあげなきゃな。一度に持ちきれるかな」

「部室、月之木《つきのき》先輩も来ますよ。大丈夫ですか?」

「う……今度、コッソリ引きあげに来るよ」

そう、男には彼女にすら見せられない秘密の5冊や10冊はあるのだ。主に薄い秘密が。

しばらく後世の部室に残すべき薄い本のラインナップについて語り合っていると、ふと玉木先輩が真面目な顔になった。

「どうしました？」

「このベンチで話をするの懐かしいなって。ツワブキ祭の前、覚えてるか？」

「小鞠《こまり》を部長にって話でしたっけ」

玉木先輩は頷《うなず》きながら、缶コーヒーのフタを開ける。

「あの時も言ったけど、温水《ぬくみず》には小鞠ちゃんを支えて欲しくて副部長をお願いしたんだ」

「なんだかんだで俺が部長になっちゃいましたけどね」

「結果オーライさ。上手《うま》くやってると思うぞ、小鞠ちゃんのこともそれ以外も」

どことなく含みを感じて顔を見ると、先輩は心配そうな視線を返してくる。

「それ以外、ですか」

「焼塩《やきしお》さんのこと耳に挟んでさ。部活辞めるか悩んでるって？」

……やっぱ知ってたか。まあ、女性陣が知ってる以上、耳に入るのは時間の問題だ。

「本人の気持ちがはっきりしなくて。退部届はまだ出てないし、俺を誘うくらいだからまだ迷ってるのかなって」

「誘われた？」

俺が八奈見《やなみ》にした説明をもう一度繰り返すと、玉木先輩が不思議そうに腕を組む。

「一緒に帰宅部入るってことはさ、ずっと放課後をいっしょに過ごすのか？」

「焼塩のことだから、そこまで考えてないと思いますよ。単に一人じゃ不安だから、俺を誘っただけで――」

自分で口にした言葉に覚えた違和感。

――一人で不安だから、俺を巻きこむ。

焼塩《やきしお》ならやりそうだと見過ごしていたが、わざわざデートまでした理由だ。

あいつが俺のことを好き――だとは思えない。

自虐《じぎゃく》やうぬぼれの話ではない。

綾野《あやの》に向けていたあの熱い眼差しは、夏の終わりと共に姿を消した。

そのあいつが、こんな簡単に気持ちを切り替えられるとは思えない。

――焼塩は俺に背中を押してほしかった？　相談に乗ってほしかった？

それとも……止めてほしかった？

あの日、俺は初めてのデートに浮足立つばかりで、なにかを見落としたのだろうか。

「温水《ぬくみず》、あんまり思いつめるなよ」

「……そうですね」

俺はボタンの玉どめをすると、ブレザーを両手で持ち上げる。

「はい、終わりましたよ。うん、ばっちりです」

「おっ、もう終わったのか。助かったぜ」

ブレザーを渡して、代わりに缶コーヒーを受けとる。

そういや、俺のブレザーから外すのは別に第2ボタンじゃなくてもよかったよな……。

「じゃあ行こうか。ツワブキ生として最後の部室だな」

「ですね。月之木《つきのき》先輩、もう来てますかね」

俺は缶コーヒーを片手、スマホの画面を確認しながら立ちあがる。

小鞠《こまり》からの早く来いコールに混じって、メッセが届いている。

内容は『返事を聞かせてほしい』と短く一文。

送り主は――焼塩だ。

◇

ツワブキ高校旧校舎、非常階段。

人目を避けるべく、焼塩との待ち合わせ場所に指定したのだ。

一階から最上階まで上がったが、焼塩の姿はない。

階段の踊り場から、遠くグラウンドを見渡す。まばらな人影の居場所では、きっとそれぞれの青春が流れているのだろう。

――返事を聞かせてほしい。


返事、とはいうまでもなく『一緒に帰宅部に入る』ことだろう。

答えはすでに決まっている。

だけど焼塩《やきしお》になにを言うべきか、言わざるべきか。まだなにも決まっていない。

とりあえず深呼吸をしていると、階下から静かな足音が近付いてくる。

「ぬっくん、お待たせ」

「え、ああ……俺もいま来たとこ」

少し気まずそうに髪をいじりながら、焼塩が俺の隣に並ぶ。

グラウンドからのゆるい風。焼塩の前髪がフラフラと揺れている。

伏し目がちな長い睫毛《まつげ》に囲まれた茶色の瞳は、物憂《ものう》げに潤《うる》んでいて――。

「ここ来るの久しぶりだなー」

どっちつかずな沈黙を破ったのは、明るく装った焼塩の声。

返事を迷う俺に向かって、焼塩が笑顔を向けてくる。

「ほら、初めての部長会でぬっくんが小鞠《こまり》ちゃんいじめてさ。みんなで集まって以来じゃん」

「あれ、いじめたわけじゃないからな?」

軽く笑いあってから、焼塩は困ったような笑顔を浮かべる。

「……ごめんね、卒業式の日なのに。他に会いたい人いたよね」

「俺は構わないけど。焼塩こそよかったのか」

コクリと小さく頷《うなず》く焼塩。

「うん、ちゃんとお礼が言えた。月之木《つきのき》先輩のおかげで」

「月之木先輩に？」

焼塩はウン、と子供みたいに頷く。

「背中を押してもらったっていうのかな。あたし、いつもくよくよ考えるばかりで足踏みするから。ちゃんと自分の気持ちを言葉にしなきゃねって」

「へえ、あの人が……背中を……」

急に不安になってきたが、最後くらいはあの人を信じよう。

俺はタイミングを見計らって話を切りだす。

「……焼塩、どうして部活を辞めたいんだ？」

焼塩は一瞬迷ってから話しだす。

「あたし、陸上部で期待されてるのは知ってるよね」

「ああ、陸上部の短距離のエースって。中学の頃からそうだろ」

焼塩は頷いて話を続ける。

「いまの調子なら2年のインターハイ、１００ｍで全国出場を狙えると思う」

「え、すごいじゃん」

俺の頭の悪いリアクションに苦笑いをする焼塩《やきしお》。

「そ、あたしスゴいんだよ。でもね、その先になにがあるのかなって考えちゃって」

その先……？　全国大会で勝ちあがると、次は世界大会とか？

ポカンとしている俺をよそに、焼塩の独白が続く。

「中学の時はいろいろかみ合わなくて全国行けなかったから、高校では行けたらなって。だけど、全国で走れて嬉しかったり、負けて悔しかったりしても全部あたしのことじゃん？」

「まあ……そうかもな。陸上って個人競技だし」

「部活でコーチはあたしにつきっきりでさ。周りも不満に思ってないわけないけど、なにも言わないでくれて。いっそ嫌ってくれたり、嫌みの一つも言ってくれたら楽なんだけどさ」

焼塩は踊り場の手すりに両ひじをつくと、遠くを見る目をする。

「コーチは２００ｍもハードルも出ろって言うんだよ。大会では高校ごとに出場できる人数が決まってるから、あたしが出ればその分誰かが出られなくなるわけで」

額の前で指を組み、祈るように目を閉じる。

「……あたしのために、今の自分の満足のために、みんなの夢や目標をつぶしていくのって、なんかキツイんだよ」

——沈黙。

焼塩の悩みの一端に触れてみて分かった。

俺の中にある言葉じゃ、焼塩の悩みに寄りそうことはできないと。

それでも俺は、役に立たない陳腐《ちんぷ》な言葉を拾い集めて、口を開く。

「……俺には陸上のことはよく分からないけど。個人競技だし、ある程度は仕方ないんじゃないか？　見こみのある選手に注力するって、よく聞く話だし」

「それで周りを犠牲《ぎせい》にしても、全国じゃ全然通用しないからね。予選落ちがいいとこかな」

「そんなもんなのか？」

「うん、そんなもんだよ」

焼塩は閉じていた目を開けると、両手を上げて伸びをする。

「──ケイコはね。高跳びで伸び悩んでるんだけど、踏切りのタイミング変えたらよくなると思うんだ。ミスズはコーナーの位置取りが苦手だし、ノノチャンはハードルを怖がってるから、練習方法変えた方がよくてさ。コーチの目が届けば、改善できると思う」

焼塩はクルリ、と俺を振り返る。

「あたしがいなくなれば──みんなが上手《うま》くいくんだよ」

そう言って、笑う。

その笑顔はやけに澄んでいて、やたら綺麗《きれい》で──そして、さみしそうで。

「あたしが好きなのって、走ることだからさ。走るのって一人でも趣味で続けれるし。部活とか成績とか、考えすぎちゃってブレてるのかなって」

焼塩《やきしお》は自分に言い聞かせるような、そんな口調で言葉を続ける。

「中途半端は嫌だし、陸上部も文芸部も全部やめちゃってさ。放課後は友達と遊び行ったり、塾行ったり……普通の女子高生しようかなって」

焼塩の言葉は、瓶からこぼれる星の砂みたいにキラキラと、儚《はかな》く輝いていて。

俺は身動きがとれなくなる。

「……でもね、一人じゃ怖いの。全部捨てて、裏切って。それでも笑うのって――怖いんだ」

焼塩は真剣な表情で、俺を真っすぐ見つめる。

「だから、一緒に来てほしいの」

――なぜ俺なんだ。

ようやく浮かんだ言葉はそれだった。

だけどいま、言うべき言葉はきっとそれじゃない。

「……焼塩は本当にそれでいいのか?」

ピリリと、焼塩のまぶたが震える。

「いいんだよ。ずっと前から考えてて、思いつきなんかじゃ……」

俺は首を横に振る。

「本当に焼塩が望んでるのなら応援するけど。ずっと迷ってて、それでもまだ迷ってるんだろ。だからわざわざ俺と出かけて──」

「それでも！」

焼塩は俺の言葉をさえぎる。

そのまま言葉を続けようとして、続かなくて。しおれた花のようにうつむく。

「……言ったよね、少し疲れちゃったって」

ゆっくりと首を横に振る。

「この先も頑張れるって自信がないの。そんな自分が、仲間のチャンスや目標を奪ったりできないよ」

焼塩の言葉に嘘《うそ》はない。

そんな器用なやつじゃないし、こいつは意外と弱くて──湿っぽい女だ。

だけど。

「やっぱ反対だ。その、俺は陸上部のお前を個人的に応援してるから。だから、焼塩は辞めるとか言ってほしくない」

「でもそんなの」

「ああ、ただの俺のワガママだ。だからお前も、もっとワガママでいいだろ」

鼻白む焼塩に向かって、足を踏みだす。

「周りのためとか迷惑とか、そんなの考えずにさ。お前が自分自身のために好きに走って、いつか走るのが嫌になったら、そのとき本当に辞めればいい」

「だから部活は辞めるって」

「辞めたくないんだろ？」

思わず大きな声が出る。

「楽しく走るのも好きで、速くなるのも好きで。どっちも好きだけど、周りが放っておいてくれなくて、結果を求められて、やりたいこととズレてきて。だけどさ、それで焼塩《やきしお》が仲間と離れて好きな部活を辞めなきゃいけないって、納得いかないっていうかさ」

陸上部で走るときの焼塩は本当に楽しそうで、まぶしくて——。

誰も手が届かないくらい、魅力的で。

「それで文句言われたり、傷つく人がでるのも仕方ないじゃん。いままでの試合だって、他人をぶっちぎってきたんだし、やるからには勝敗がついて当たり前だろ。だから、だから——」

俺は大きく息を吸って、吐く。

「もっと好きにやれよ。ひいきだろうとなんだろうと焼塩の実力だ」

……勝手なことを言っている自覚はある。

口だけの部外者が無責任に。人一番努力してるやつに、まだ頑張れとか。

黙って聞いていた焼塩が、なにかを決心したように口を開く。

「……ぬっくん、そんなに言うなら勝負しようよ」

「へ？　勝負？」

「うん、１００ｍ一本勝負。泣いても笑ってもそれっきり」

１００ｍって――走るってこと？　俺と焼塩が？

「いやいやさすがに無理だろ!?　俺じゃお前に絶対に勝てないし」

「あたしだって同じだよ」

焼塩は苦笑いしながら細い肩をすくめる。

「大会に出ればあたしより速い人がいて、全国に行ったら絶対に勝てない人たちに囲まれてさ。あたしたちはね、どこかで負けるために走るんだよ」

挑戦的――というには少しばかり可愛《かわい》げのある笑みで、俺の顔をのぞきこむ。

「ぬっくんが勝てば言うこと聞いてあげる。誰に文句言われても――っていうか、文句なんか言わせないくらい、本気でやったげる。文芸部も続けて、陸上も本気で全部ぶち抜いてみせる。やってみせる」

焼塩は不意に手を伸ばすと、俺の胸を軽く小突く。

「だけどあたしが勝ったら、ぬっくんはあたしと一緒に帰宅部に入るの」

「でも、さすがに勝つのは――」

「安心して、ちゃんとハンデをあげるよ。ぬっくん、１００ｍは何秒？」

え？　そんなの体育で一学期に計って以来だぞ。確か……。

「16秒ちょっと——だったかな」

「それは遅くない?!」

「春ごろだからそんなもんだって。いまは少しくらい速くなってるかもだし」

「いや勝手に速くなんないって。えーと、困ったな」

焼塩《やきしお》は腕組みをして、難しそうな顔をする。

「んじゃ、高1男子の平均タイムと、あたしの自己ベストの差をハンデとしてあげる。それならフェアでしょ?」

「フェア……?　そうかな。俺の自己ベストじゃダメ?」

「ダメ。あたしの青春寄こせっていうなら、そのくらいしてもらわないと」

「いや、青春をくれとまでは……」

もにょもにょと言い訳する俺の背中を、焼塩が思いきり叩《たた》く。痛い。

「あたし、本気だよ。ぬっくんも本気で返して」

そしてなにかが吹っ切れたような表情で、明るく笑った。

# Intermission 青くて赤い春

ツワブキ高校の保健室。幾多《いくた》の悩める生徒と、そうでもない生徒を迎え入れてきた聖域だ。

ガラリと開いた扉から出てきたのは月之木古都《つきのきこと》。振り向くと軽く頭を下げる。

「それでは先生、お願いします。馬剃《ばそり》さんの鼻血、大丈夫そうですか？」

「安心して、あの子にはよくあることだから」

サラリと安心できないことを言いながら続いて出てきたのは養護教諭、小抜小夜《こぬきさよ》。

後ろ手に扉を閉めると古都に微笑《ほほえ》みかける。

「最後の日まで大変ね——前副会長さん」

「あんまりいじめないでください。これでも当時のことは反省してるんですよ」

ひきつった笑いを浮かべる古都に手を伸ばすと、その前髪を整える小抜先生。

「月之木さんも丸くなったわね。馬剃さんといつの間に仲良くなったの？」

「ええまあ、少し前から。今日も私に会いに来てくれたし」

そう、並木道で談笑する古都のところに天愛星《ていあら》が来たのだ。鼻から血を流しながら。

放っておけないので保健室に連れてきたが、最後までよく分からない子であった。

彼女がうわごとのように呟《つぶや》いていた、慎太郎《しんたろう》が温水《ぬくみず》の第2ボタンをどうこうってのは、どういう意味なのだろうか——。

「最後に先生に会えてよかったです。文芸部のこと、よろしくお願いしますね」

「任せてちょうだい。先生もだんだん楽しくなってきたとこなの。色々と」

微妙に不安だが、去る者は静かに見守るだけだ。

古都《こと》は小抜《こぬき》先生と2、3言葉を交わしてから、保健室を後にする。

——そろそろ部室に向かうとしよう。

後輩たちとはこの先も会うだろうが、ツワブキの制服を着るのはこれで最後だ。

名残を惜しむように廊下を歩いていると、一人の女生徒が物陰に溶けこむように立っていた。

志喜屋夢子《しきやゆめこ》。これまでの因縁とこれからの腐れ縁。そんな不思議な間柄の後輩だ。

自分を待っていたのだろうか。彼女はゆらり、と揺れるように顔を向けてくる。

「古都さん……保健室……具合悪いの……？」

「私は元気よ。馬剃《ばそり》さんが少しお疲れみたいだから、送ってあげたの」

志喜屋はカクリと頷《うなず》くと、古都に近付いてくる。

「あの子……鼻血よく出す……大丈夫……」

「先生も言ってたけど本当に大丈夫？　大丈夫な人、鼻血そんなに出る？」

もう一度頷くと、志喜屋は古都の上着の袖《そで》をつかむ。

「あのね……写真……撮りたい……」

「もちろんいいわよ。並木道行く？」

ゆるゆると首を横に振る志喜屋。

「生徒会室……行こう……？」

――生徒会室。古都が副会長として半年ほどすごした場所だ。

脳裏をよぎる苦い光景には志喜屋がかかわっているのだが、いまとなっては懐かしい思い出になりつつある。それを完全な過去にするために、二人で生徒会室をおとずれるのも悪くない。

「そうね、行きましょうか。放虎原《ほうこばる》もいるの？」

「大丈夫……二人きり……邪魔は入らない……」

今日は大丈夫の大安売りだ。

苦笑しながら生徒会室に向かっていると、隣を歩く志喜屋が肩を寄せてくる。

「手……繋《つな》いでいい……？」

「別に構わないけど――ねえ、指をからめる必要ある？」

「だって……今日……最後……」

消えそうな声で志喜屋が呟《つぶや》く。

古都はやれやれとばかりに表情をくずす。

「いつでも会えるじゃない。一緒にご飯行く約束、ちゃんと覚えてるから。名古屋に行っても、ちょくちょく帰ってくるし」

「私も……遊び行って……いい？」

「いつでもいらっしゃい。案内してあげるよ」

「ホント……？　おうち行っても……いい……？」

「いいよ。手料理でも作ったげようか。最近、腕あげたんだよ」

「泊まっても……いい……？」

一瞬、古都《こと》の動きがとまる。

「えーとまあ、おいおいね。お客さん用の布団も用意しないとだし」

「大丈夫……一緒の布団……寝る……」

「ホテルとってあげる」

本能で危険を感じた古都が食い気味に返すと、志喜屋《しきや》が不思議そうに首をかしげた。

「一緒のお部屋……？」

「いや、私は自分の家あるから。ほら、生徒会室ついたよ！」

古都は会話を打ち切って生徒会室の扉を開ける。部屋の中には誰もいない。

志喜屋に腕を引かれながら、古都は開いた手でスマホをヒラヒラと振る。

「放虎原《ほうこばる》から返事きた。これから生徒会室来るってさ」

「……いけず」

## ～3敗目～　サヨナラの季節

晴れ渡った土曜日の昼下がり。俺は八奈見《やなみ》と二人で、家の近くの豊橋《とよはし》市陸上競技場にいた。

3月最後の週末に焼塩《やきしお》と俺の退部をかけた100mの一本勝負が決まり、特訓のためにここに来たのだ。


――100mを全力疾走《しっそう》した俺の身体《からだ》がゴールラインをわった瞬間、八奈見がストップウォッチのボタンを押す。

「……な……何秒だった？」

震《ふる》える膝《ヒザ》を押さえながら八奈見にたずねる。

いまのはわりといい走りができたはず。目標タイムの14秒台も狙えるのではなかろうか。

「ええと、16秒5だね」

?!　そんな馬鹿な。ストップウォッチを見せてもらうと、16秒5の液晶表示。

なんならもっと遅かった。八奈見が呆《あき》れたように溜息《ためいき》をつく。

「温水《ぬくみず》君、この調子で大丈夫？　3週間しかないんでしょ」

「でもハンデがもらえるし。俺は平均タイムを目指せばいいんだって」

ハンデの内容は単純明快。ツワブキ1年生男子の平均タイムと、焼塩のベストタイムの差がハンデになるのだ。

「それで当日はどうやって勝負するのさ」

「ええと、俺がスタートして2・5秒たったら、焼塩がスタート。先にゴールした方が勝ちだ」

八奈見は納得したようにウンウンと頷《うなず》く。

「で、温水君。目標タイムは？」

「えっと、ツワブキ1年の平均だから――14秒5」

八奈見がクイ、と片眉を上げた。

「さっきの温水君のタイムは？」

「……16秒5」

「…………」

ゴホン。俺はごまかすように咳《せき》ばらいをする。

「とはいえ目標は明確だ。俺は2秒タイムを縮める。焼塩はベストタイムを更新する。より目標に近付いた方が勝つってことだろ」

八奈見は肩をすくめると、両手を腰にあてる。

「あのさ、そもそもなんで勝負するなんてことになったの？　温水君、そんな熱血キャラじゃないでしょ」

「流れで仕方なかったんだって。なにも言わなきゃ、あいつ文芸部を辞めるとこだったんだぞ」

「だとしても、このタイム遅すぎない？　檸檬《れもん》ちゃんがベストタイムを更新したら、縮めるタイムは2秒じゃ足りないよ」

「焼塩《やきしお》くらいだと、コンマ一秒つめるのも大変なんだって。俺はある意味成長の余地しかないから、勝算はあるからな」

「ほう、では成長してもらいましょう。もう1本計るからスタートラインに戻って」

繰り返し走れば100mが速くなるのだろうか。疑問はあるが、それに答えられる者はここにはいない。

八奈見《やなみ》が3本目以降のタイムを計りそこねていたことが判明した頃、フィールドに大きなカバンを抱えた小鞠《こまり》が現れた。キョロキョロとあたりを見回している。

「おーい、小鞠ちゃんこっちだよ。ほら、温水《ぬくみず》君も手を振って」

「俺、疲れてるから——あ、はい。分かりました」

手を振る俺たちを見つけた小鞠が、小走りで近寄ってくる。

「小鞠ちゃん、頼んでたヤツ持ってきてくれた？」

「う、うん、持ってきた」

頼んでたヤツ？

小鞠がカバンを開けると、中には数本のドリンクボトルが入っている。

「え、えと、飲み物作ってきた。り、りんご酢と塩と砂糖が入ってる」

へえ、手作りドリンクか。

感心していると、なぜか八奈見がドヤ顔でボトルを掲げる。

「温水君、うちら女性陣の心づかいに感謝しなさいよね」

「八奈見さん、なにもしてないよね」

「ドリンクボトルは私が提供したんだよ。家にダイエット用に買ったのがたくさんあるから」

なるほど、八奈見はダイエットに形から入るタイプらしい。知ってた。

「一本だけ色が付いてるのあるけど、中身が違うのか」

「き、きなこが入ってる」

「きなこ？」

「う、うん、タンパク質、とれるから。トレーニング終わった後に、飲め」

ほう、なかなか気が利いている。

早速飲もうと手に取ると、小鞠が不思議そうに首をかしげる。

「も、もう、特訓は終わりなのか？」

「なんか疲れたし。靴紐《くつひも》もほどけたから、そろそろ終わりにしてもいいかなって」

小鞠は俺の手から、きなこドリンクを取りあげる。

「死ぬほど、走れ。むしろ、死ね」

「え？　俺もう結構疲れてるんだけど」

なにしろ素人《しろうと》が３人も集まっているのだ。下手なトレーニングは身体《からだ》を壊す原因になる。

コースを外れて休もうとすると、八奈見《やなみ》が俺の行く手をふさぐ。

「温水君《ぬくみず》、逃がさないよ。文芸部の危機だって分かってる？」

「ちょっと休むだけだって。ほら、超回復とか聞いたことあるだろ？」

適当なことを言って逃げようとすると、今度は小鞠《こまり》が後ろから俺の服をつかんでくる。

「む、昔、焼塩《やきしお》メソッド、教えてもらったから。た、試してみたい」

自分に試せ。あいつの理論は『とにかく全力疾走』の一手だぞ。

「分かったけど、もう少し走ったら俺は帰るからな。人と待ち合わせしてるし」

八奈見と小鞠が俺に怪訝《けげん》な視線を向けてくる。

「女？」

「お、女か」

「……内緒だ。俺にも秘密の一つくらいはあるんだぞ」

見栄《みえ》をはる俺をジッと見つめていた八奈見と小鞠が、顔を見合わせてフフンと笑う。

「分かってる分かってる。あれでしょ、見栄はってるんだね」

「ぬ、温水の甲斐性《かいしょう》なし」

なぜバレた。結局俺は足腰が立たなくなるまで走らされ、ベストタイムは最初の１本から変わらなかったことを申し添えておく。

◇

特訓を終えて解放された俺は、生まれたてのトムソンガゼルのように震える足を引きずりながら、陸上競技場から徒歩で15分あまり、大正軒《たいしょうけん》という老舗の和菓子屋の前にいた。

歴史を感じさせつつも清潔感のある店構え。

みたらしだんごが名物で、店頭ではだんご焼き機がグルグルと回っている。

この装置はだんごが1周する間に焼きながら2度もタレに漬けるので、なんかこう香ばしくて美味《うま》いのだ。語彙力《ごいりょく》。

ガラス越しに装置を眺めていると、店の中から背の高い男が出てきた。

ツワブキ高校1年生、綾野光希《あやのみつき》。やつが俺の逢引《あいびき》き相手だ。

「時間通りだな。どうした、急に相談なんて」

綾野がみたらしだんごを1本差し出してくる。

「あ、悪い。いくらだった？」

「今日はいいよ。次は温水が奢《おご》ってくれ」

俺たちはだんごを食いながらだんご焼き機を眺める。さて、どうやって切りだすか……。

「ひょっとして檸檬《れもん》のことでなにかあったのか？」

「え、なんで分かった」

「千早《ちはや》抜きで話がしたいって言われたら、そういうことかなって」

その通りだ。バレてるなら仕方ないので、ここ最近の出来事を正直に話すと、黙って聞き終わった綾野《あやの》が静かに話しだす。

「……この店、小学校の頃、何度か檸檬に連れてこられたんだよ」

駄菓子《だがし》屋代わりみたいなもんか。あれ、でも。

「確か二人ってアオキ小だろ。この辺って、校区外《こうくがい》じゃないか？」

「ああ、『校区破り』だな」

綾野はそう言って笑う。

豊橋《とよはし》では小学校の登校区域が校区と呼ばれ、児童だけでそこから出ることが禁止されている。それを破ることを校区破りといい、守らないと帰りの会でつるし上げられるのだ。怖い。

「小3の時だったかな。放課後、急についてこいって言われてさ。あいつガキ大将みたいなものだったから、正直ちょっと怖かったぜ」

なんか分かる。小学生の焼塩《やきしお》なんて、鎖につながれてないハスキー犬みたいなものだろう。

「あいつが俺を誘うのは、友達とケンカしたとか親に怒られたとかそんな時なんだ。だんご食ってこの機械眺めながら、なんだかよく分かんない話聞かされて」

聞きながらだんごを一口かじる。ふわもちした食感と甘辛いタレの味が口に広がる。

綾野と焼塩。小学生の二人も同じ味を口にしながら、こうして並んで話していたのだろう。

「高学年にもなると、誘われることもなくなったけど。中学になってから、一度だけ連れてこられたことがあってさ」

「……なにがあったんだ？」

綾野は当時を思いだしているのだろう。言葉を選びながらゆっくりと口を開く。

「中１の頃、あいつの足の速さが有名になって。顧問《こもん》の先生に言われるまま、ほとんどの競技に出てた時期があったんだ」

「そんなことできるのか？　ほら、適性とかそういうのあるじゃん」

「もちろんそうだけど、普通の公立中学で中学生だろ。陸上部で、どの競技も檸檬が一番だったから。あいつはただ楽しいだけで走りまくって、表彰やメダル取りまくって。それで檸檬と仲良かった先輩が――試合に出られなくて部活辞めてさ」

綾野はだんごの最後の一口を食べる。

「それ以降、あいつは１００ｍだけしか走らなくなったんだ」

……そんなことがあったのか。

もちろん、今回の件に直接関係があるかは分からない。

だけど無関係と言いきるには、あまりにも焼塩がいま抱えてるものを彷彿《ほうふつ》とさせすぎる。

「温水《ぬくみず》、次は俺から質問だ。なんで檸檬《れもん》と勝負することになったんだ?」

「俺にも分からん。いや、ホント分かんないだって」

なにか言いたそうにしてた綾野《あやの》はしばらく黙ってから、

「……ま、檸檬だしな」

と、ボソリと呟《つぶや》いた。さすがよく分かっている。

俺は食べ終えただんごの串を見つめたまま、疑問を口にする。

「走れば焼塩《やきしお》と勝ち負けはつくけど、それで問題が解決するわけじゃないだろ? どんな気持ちで走ればいいのかなって」

「でも、きっかけにはなるんじゃないか」

綾野はハッキリした口調で言うと、俺の肩に手を置いた。

「俺に檸檬のことを語る資格があるかは分からないけど。あいつはこの勝負を通じて、なにかを決心したり、背中を押してもらったり。そんなことを期待してるんじゃないかな」

「それにしちゃ、勝敗に賭《か》けるモノが大きすぎやしないか……?」

「確かに責任重大だな。一生もんだぜ」

そう言って笑う綾野。

「お前、他人事《ひとごと》だと思って」

「気負うことないさ。檸檬としちゃ、お前に一緒に背負ってもらうことが大切なんだろ」

「……なんで綾野じゃなくて俺なんだよ」

綾野はニヤニヤ顔で肘《ひじ》で突いてくる。

「さあなんでだろな。俺としちゃ、ちょっと妬《や》けるけど」

「いまの発言、朝雲《あさぐも》さんに告げ口するぞ……？」

まったくこれだから彼女持ちは。呆《あき》れていると、綾野がスマホを取りだした。

「話をすれば千早《ちはや》からだ。ちょうど近くにいるから、一緒にお茶でもどうですかって」

へえ、そうなのか。でも邪魔するのは悪いから俺は退散――ん？　ちょうど近くにいる？

「ここに来るって朝雲さんに言ったのか？」

「いや、お前と会うことしか話してないぞ」

綾野は上機嫌でスマホに返事を打っている。

じゃあなんで、ここにいるって分かったのかな……なんでかな……。

「こういうことって、よくあるのか？」

俺は声を落としながらたずねる。

「こういうこと？」

「例えば学校や通学路で、たまたま焼塩や他の女子と会ったり話をしてたら――まるでその場で聞いていているかのように、タイミングよく朝雲さんから連絡があったり……」

綾野はスマホを触る指を止める。

「そういえばそんなことよくあるな。なんでだろ」

なるほど。つまり朝雲《あさぐも》さんは……。

ゴホン。俺は気を落ち着けるべく咳払《せきばら》いをする。

「綾野《あやの》、気を悪くしないで聞いてくれ。もしかして朝雲さんって盗——」

綾野は皆まで言うなとばかりに俺の肩を叩《たた》くと、爽《さわ》やかに微笑《ほほえ》む。

「ああ、やっぱ千早《ちはや》と俺って——」

「……運命ですね」

突然背後から声が聞こえる。キラリと輝くオデコと笑顔。朝雲千早がそこにいた。

俺はニコリと笑い返すと、あいさつもそこそこにその場を去ったのである。

◇

週明け、月曜日の放課後。俺と八奈見《やなみ》は陸上部が練習をする光景を眺めていた。

ウォーミングアップを終えた部員たちは、それぞれの競技に分かれて個別練習を始めている。

予想通り焼塩《やきしお》の姿は見えない。

「ねえ、短距離の練習はあの奥かな。なんか筋トレみたいなことしてるね」

隣の八奈見は目を細めて、グラウンド奥の集団を見つめる。

「ああ、なんか焼塩流とはずいぶん違うな。あれが本物のトレーニングってやつだ」

もちろん俺は練習をさぼっているわけじゃない。情報収集も勝負の大事なファクターなのだ。決して両足の筋肉痛で心が折れたわけではない。決して。

「私、陸上部に友達いるから、教えてくれるように頼んでみようか？」

八奈見はそう言うと、手に持った長細い包みをペリペリと剝《む》き始める。

「確か高跳びやってるって言ってたから、温水《ぬくみず》君も跳べるようになるかもよ」

「俺、跳ばないんだけど」

……さっきから八奈見の話が頭に入ってこない。

なぜならこいつが開けているのは――ミニサイズではない一竿《ひとさお》の羊羹《ようかん》。

それをバナナのように剝いたということは、まさかそのまま食うんじゃなかろうな……。

「温水君、体重軽いから向いてると思うけどなー」

ムシャリ。こいつ、丸ごといきやがった。

「マジか……！」

「？　陸上部に友達がいるの、そんなに驚いた？」

「いや、なんで羊羹丸ごと食べてるのかなって」

「呉服町《ごふくまち》のとこに和菓子屋あるじゃん。さっき、そこの羊羹もらったんだよ」

ムシャリ。さらに一口かじる。入手経路を聞いたんじゃないけどな……。

「最近またダイエット始めてなかったっけ。一本丸ごと食べて大丈夫?」

さりげなく八奈見《やなみ》の奇行をとめようとしたが、得意気な笑みがそれを迎撃する。

「この週末、温水《ぬくみず》君のトレーニングにつきあってあげたでしょ? つまり私もトレーニングしたようなもんだから、ダイエットはバッチシなんだよ」

ゲームでパーティーの誰かが敵を倒すと、みんなに経験値が入るようなものか。

じゃあ八奈見の羊羹《ようかん》のカロリー、俺にもくるのかな。追放しないと。

羊羹を食うモチャモチャ音をBGMに、陸上部の練習を観察する。

どうやら100mをやみくもに走るわけではなく、フォームをチェックしたり、テンポを変えながら短い距離を計ったり、想像よりずっとメニューは多彩だ。

しばらく観察を続けてから、俺は練習内容を書きこんだメモを閉じる。

「けっこう参考になったな——って、八奈見さんどうしたの?」

八奈見はなんだか青い顔をしてジッと固まっている。

「大丈夫か、顔色おかしいぞ」

「……おかしくないし。むしろキレイな虹色だし」

それはそれで病院行ったほうがいい。

八奈見は口をおさえて、羊羹の食べ残しを押しつけてくる。

「温水君……これあげる」

え、いらない。歯形ついてるし。それより八奈見が食べ残すなんてよほどのことだぞ。

「保健室行こうか。なんなら救急車呼ぼうか？」

心配する俺に向かって、八奈見はフルフルと首を横に振る。

「大丈夫、お茶飲めばなおるから……黒烏龍《くろうーろん》とか」

黒烏龍、そんなに万能じゃないぞ。

「分かった、お茶買ってくるから待ってて」

「待って温水君！」

走りだそうとする俺を、鋭く呼びとめる八奈見。

「どうした。吐くならそこに落ちてるペットボトルに――」

「やっぱ羊羹の残りは取っといて。後で食べるから」

……思ったより元気そうだ。俺は頷《うなず》くと、歩いて自販機に向かった。

◇

――八奈見は羊羹を丸ごと1本食べると気分が悪くなる。

今日得た貴重な『気付き』である。

俺は自販機の前で財布を取りだすと、サンプルを眺める。

「ええと、黒烏龍《くろうーろん》は高いし緑茶でいいか……」

ガコン。自販機から落ちてきたお茶を取り出していると、

「お、そこにいたのか温水君《ぬくみず》」

背後から覚えのある声が聞こえてきた。

振り向くとそこにはポニテと明るい笑顔。女子陸上部の倉田《くらた》部長だ。

「あ、どうも」

「檸檬《れもん》と走りで勝負するんだって？　力を貸したげようか」

「……なんで知ってるんです？」

倉田部長がニヤリと笑う。

「情報の出所は教えられないな。なにしろ羊羹《ようかん》2本分だからね」

内通者が判明した。八奈見《やなみ》が食ってた羊羹は多分2竿《さお》目だ。そりゃ気分も悪くなる。

「他の人には言わないでくださいね。それじゃ俺、急いでるので」

お茶を手に立ち去ろうとすると、倉田部長が俺の腕をつかんでくる。

「え？　いや待って。私、力を貸すって言わなかった？」

……確かに言われたな。面倒なので脳がスルーしてたのだろう。

「言われました。えーと、どういう意味ですか」

「君、檸檬に100mで勝たなきゃいけないんでしょ？　私、短距離の経験もあるし、コーチ

にもってこいだと思うんだけど」

え、走りを教えてくれるのか？　俺はお礼を言いかけて思いとどまる。

「えーと……せっかくのご厚意ですが、今回は自分たちでやろうと思います」

「それじゃどーんと大船に乗ったつもりで──って、断るの?!」

教科書通りのノリツッコミ。この人、微妙に疲れるな……。

俺は気まずく頭をかきながら答える。

「先輩に手伝ってもらったら、陸上部が焼塩《やきしお》の敵になるじゃないですか。あいつが戻りにくくなるかなって」

「そういうもんかな。檸檬、そういうの気に……しそうだね、うん」

分かってくれたか。

「だから先輩には、あいつが戻ってからのフォローをお願いしたくて」

腕組みをして聞いていた倉田部長がゆっくりと頷《うなず》く。

「君は──アレだね。うん、アレだ」

「はあ、アレですか」

なんか最近、みんなに言われてる気がする。倉田部長は俺の肩をポンとたたくと、

「了解。うちの檸檬もわりとアレだし、よろしく頼むね」

言い残して立ち去った。そうか焼塩もアレなのか。

「で、アレってなんなんだ……?」

俺はペットボトルのフタを開けると、大きくあおる。

冷たい緑茶が、迷いだらけの心を洗い流すように喉《のど》を流れていく。

……なにか忘れてるような気がするが、なんだったっけ。

「あ、温水《ぬくみず》君ここにいた」

こいつのこと忘れてた。

忘れられし女は、さっきまでがウソのように元気な様子だ。

八奈見《やなみ》は俺の緑茶を勝手に取ると、一気に半分を空にする。

「ぷはーっ、やっぱ日本人なら緑茶だよね」

「あれ、もう大丈夫なんだ」

「うん、スッキリしたし。いやー、さすがに今回ばかりは八奈見ちゃんピンチでした」

明るく笑う八奈見。

「それよりちゃんと片付けてきた? ほら、見ただけで気分が悪くなる人もいるし」

「ちゃんとトイレで——じゃなくて、吐いてませんけど?!」

そうか、本人がそう言うなら深追いはやめとこう。

八奈見はもう一口お茶を飲むと、倉田《くらた》部長が去った先に視線を送る。

「ねえ。さっきの子って女子陸の人?」

「ああ、部長の倉田先輩。コーチしてくれるって言われたけど……」

口ごもる俺を見て、八奈見がわずかに首をかしげる。

「断ったんだ？」

「え、なんで分かったんだ」

驚いて聞き返すと、八奈見は満足げにニマリと笑う。

「温水君、そういうとこあるからね。分かるよ、自分の力だけでやりたいんでしょ？」

いや違う。かすりもしてないが、八奈見にそこまで求めるのは酷《こく》だろう。

「今回は陸上部を巻きこむのはどうかなって。それだけだよ」

――焼塩《やきしお》が相談をしたのは陸上部の仲間ではなく、八奈見でもなかった。

俺だった理由は、きっと焼塩にも分からないほど曖昧《あいまい》で。

あいつの手探りな感情の先に、たまたま俺がいたのだろう。

八奈見はどう思っているのか、俺の顔をじっと見つめてくる。

「なに、俺をじっと見て」

「あのね」

八奈見は大人びた表情で微笑《ほほえ》むと――囁《ささや》くように、言った。

「羊羹《ようかん》の残り、まだある？」

俺が黙って羊羹の包みを取りだすと、八奈見は満面の笑みで受けとった。

◇

翌日は朝から雨が降っていた。

3時限目は現代文。俺は何気なく雨音に耳をかたむける。

サラサラと降りそそぐ雨粒が周囲の音を吸いこんで、教室の外には誰一人いないような、そんな錯覚が俺を包む。

現代文の先生は、穏やかな若い男性教諭だ。

先生が教科書を読む声が途切れると、いっせいに教科書をめくる音がする。

授業の題材は夏目漱石《なつめそうせき》の『こころ』。

教科書に載っている部分は先生なる人物の遺書で、親友のKとの因縁《いんねん》が描かれている。

遅れて教科書のページをめくると、『はい注目、ここが匂わせです！』と書かれた付箋《ふせん》をペリリとはがす。右上がりの丸い文字。月之木《つきのき》先輩、勝手に貼ったな……。

あの人いわく、

「BL、NTR、WSS。『こころ』には私たちに必要なすべての性癖が詰まっているの」

とのことだが、俺を仲間にしないでほしい。

ちなみにWSSとは『私が先に好きだったのに』の略で、まあ大体が八奈見《やなみ》のグチみたいなものだ。

付箋を指で丸めようとして、俺は一瞬戸惑う。月之木先輩は、もうこの学校にいないのだ。

どことなく不思議な気持ちで、俺は付箋を折りたたむ。

「──では今日はここまで」

先生が静かに告げると同時にチャイムが鳴った。

この先生は時間通りに授業を終えてくれるので、俺的にはポイントが高い。

さあ休み時間は貴重だ。雨が降ると翌日の水道水の味が変わる。今日のうちに何か所かチェックしておかないと……。

教室を出ようとすると、先生が俺を呼びとめてきた。

「温水《ぬくみず》君、確か文芸部だよね」

「え？　あ、はい」

戸惑っていると、先生は申し訳なさそうな顔をする。

「急に声をかけて悪かったね。急いでたかな」

「いえ、先生が俺を知ってるのに驚いたので」

俺の言葉を冗談と思ったのか、先生が笑いだす。

「受け持つ生徒を知らない教師なんているわけないよ」

それがいるんです。しかも割と近くに。

「ええと、それでなにか用ですか？」

「学生向けの文芸イベントの案内を渡そうと思ってね。活動の参考になればと」

チラシを受け取って中身を見ると、高校生文芸コンクールを始め、朗読会やビブリオバトルなど、本格的なイベントばかりだ。

……うちの文芸部、こんな表向きなイベントに参加して大丈夫なのだろうか。

特にそこにいる小鞠《こまり》の書くシロモノは――。

「あれ、小鞠なんでここにいるんだ？」

そう、俺のモノローグに呼ばれたかのように、教室の入り口に小鞠が立っている。

小鞠は俺に駆け寄ると、上着の裾《すそ》をギュッとつかんでくる。

「ぬっ、ぬく――っ！」

「おい、どうした小鞠」

「うぇ、あっ……ぬ、ぬく……」

ポロポロポロ。小鞠の瞳から大粒の涙がこぼれだす。

「っ?! え、ちょっ、突然どうし――」

駆け寄ってきた八奈見《やなみ》が俺を突き飛ばすと、小鞠をギュッと抱きしめる。

「小鞠ちゃん大丈夫?! ちょっと温水《ぬくみず》君、なにやったの?!」

「なにもしてな――いや、してないよな？」

なんか自信がなくなってきたぞ。この場の雰囲気に耐えきれなくなった俺は――二人を追いたてるようにして教室から逃げ出した。

◇

購買横のベンチで、小鞠は俺が与えたココアを飲みながら鼻をすすりあげた。

「小鞠、少し落ち着いたか？」

「う、うん……あの――」

小鞠が口を開こうとすると、八奈見が俺をジロリと睨《にら》む。

「温水君になにかされたんでしょ？　頭の結び目、左右入れ替えられたとか」

なにそれ、ちょっと面白そうじゃん。

「俺はなにもしてないって。小鞠、１－Ｃに来たってことは俺たちに用なんだろ」

コクリと頷《うなず》くと、小鞠は深呼吸をしてから話しだす。

「た、玉木《たまき》先輩……大学、う、受かった！」

へ？　そういや今日が合格発表だったっけ。

「あ、本当だ。温水君、玉木先輩からメッセきてるよ」

スマホを取りだすと、文芸部のグループＬＩＮＥに合格報告が届いている。

マジか。実にめでたい、大変よかった――けど。

「小鞠《こまり》が泣いてたのって……それなのか？　うれし泣きだったの？」

もう一度、頷《うなず》く小鞠。えーとつまり。玉木《たまき》先輩が受かったと知って1－Cに駆けつけて、たまたま近くにいた俺をつかまえて泣きだしたわけだ。恨みでもあるのか。

「ほ、本当に――よかった」

両手でココアの缶を握りしめながら、小鞠が笑みを浮かべる。

……そんな顔を見せられては、俺も笑い返すしかない。

と、八奈見《やなみ》が両手をパンと鳴らす。

「それじゃさ、放課後に先輩たちのお祝いを買いに行かない？」

「う、うん、行きたい」

小鞠も目を輝かせてコクコクと頷く。

「決まりだね。温水《ぬくみず》君も大丈夫？」

「えーと、それ二人に任せていいかな」

八奈見が首を軽くかしげる。

「ひょっとして、雨降ってるのに練習するの？」

「まあ、できることはしようかなって。ちゃんと俺の分は払うから――」

パタパタと手を振る八奈見。

「いいよ、気にしないで。最近ちょっと練習つきあうの飽きてきたし」

こいつ、相変わらず正直すぎる。

さて、そろそろ休み時間も終わりだ。３人で教室に戻っていると、スマホを見つめながら小鞠がポツリとつぶやく。

「や、焼塩《やきしお》……スマホ、見てないな」

焼塩？　ＬＩＮＥのトーク画面を見ると、俺がさっき送った祝福メッセについた既読は４。

つまり、先輩たちと八奈見と小鞠で――。

「休み時間にスマホを見ないくらい普通だろ。友達と話したりするだろうし」

俺は笑おうとして上手《うま》くできずに、中途半端な表情のまま足を速めた。

◇

放課後の部室。体操服に着替えた俺は、テーブルを部屋の隅に寄せると、昨晩考えた練習メニューを開始した。

まずはモモ上げ５０回――のところを、初日なので１５回とする。

次にスクワットだが、腰に負担がかかるので今日はパスだ。

代わりに上半身を鍛えるべく、腕立て伏せを５０回――を目標に5回でへばった俺は、ゴロリと仰向けになると、天井の蛍光灯を見つめる。

「イタタ……これ、思ったより筋肉痛ひどいな」

俺は誰に言うでもなく呟《つぶや》く。

週末は八奈見《やなみ》に言われたまま走ったが、身体《からだ》中が痛くなっただけだった。そこで筋トレを取り入れたが、やっぱり身体中が痛い。

「やっぱ倉田《くらた》先輩に教えてもらえばよかったかな……」

早くも後悔をしていると、

「すみません、どなたかいらっしゃいますか」

部室の扉がガチャリと開いた。生徒会の天愛星《ていあら》さんだ。

床から見上げる俺と視線が合う。

「あら、温水《ぬくみず》さん。そんなところでなにを——っ！」

天愛星さんは慌ててスカートを押さえる。

「ちょっ、ちょっとなにのぞいてるんですかっ！」

いやいや、勝手に部室に入ってきてその言い草はあんまりだ。

たまたま角度的に視線の先がスカートの中だっただけなのに。

「大丈夫、ヒザまでしか見え——それより、なんの用なの？」

「え？　あ、はい。来年度の新歓計画書がまだなので催促《さいそく》に……って、やっぱり見てるじゃないですか！」

だって見えるし。

ヤレヤレ感を出しながら立ち上がると、天愛星さんが不思議そうな顔を向けてくる。

「温水さん、どうして体操服を着てるんです？」

「えーと、それは」

まあ、陸上部にはバレてるしいまさらだろう。かいつまんで事情を説明すると、

「……驚きました」

天愛星さんが目を丸くする。

「そりゃ、俺が走るとかイメージにないかもしれないけど」

「いえ、温水さんは私が話しかけるといつもビクビクして、こんな話はしてくれないじゃないですか。驚きもします」

そうか、驚かせて悪かった。天愛星さんも俺を怖がらせるのはやめてくれ。

しばらく考えこんでいた彼女は、真面目な顔でコクリと頷《うなず》く。

「そういうことなら、お力になれるかと思います」

「へ？　ひょっとして陸上経験があるとか」

まさか、と言って手を振る天愛星さん。

「陸上部以外であなたに走りを教えられる人――ですよね」

「誰か心当たりでもあるの？」

「任せてください。私もこう見えて、顔が広いんですよ」

まだちょっと怯《おび》えている俺に向かって、天愛星《ていあら》さんは柔らかな笑みを浮かべた。

◇

──翌日の朝。俺はジャージ姿でツワブキ高校のグラウンドに立っていた。

腕時計のデジタル表示は6時半。あくびをかみころす俺に向かって、同じくジャージ姿の女生徒がハツラツとした声をかけてくる。

「馬剃《ばそり》君から話は聞いた。ぜひ力になろう！」

目の前にいるのはツワブキ高校生徒会長、放虎原《ほうこばる》ひばり。

なんとなく予想はしていた。なんとなく。

お目付け役として、天愛星さんと桜井《さくらい》君の姿もある。

「えーと、よろしくお願いします」

ぎこちなく頭を下げると、会長は俺の肩に手を置く。

「まずは君の実力を知りたい。ウォーミングアップをしてから、1本走ってみようか」

「はい、分かりました」

数日とはいえトレーニングを重ねたのだ。少しくらいは速くなっているはずである。

柔軟をしてから、全力で走りきる。

「な、何秒だった……？」

ストップウォッチを手にした桜井君が、申し訳なさそうに読みあげる。

「16秒7」

……遅くなった。腕組みをした会長が首をかしげる。

「ふむ、トレーニング開始前は16秒5だったのだろう？」

「それはコーチが悪かったので……」

「よし、そのまま真っすぐ立ちたまえ」

会長は俺に歩み寄ると――いきなり身体《からだ》を触ってきた。

「えっ、ちょっ⁉」

「身体に力を入れて。動かない」

会長は真顔で腹筋や背筋《せすじ》をまさぐってくる。

「うわっ、ちょ、くすぐった――ちょっと内モモは……ひゅあっ⁉」

「ガマンしたまえ、男の子だろう」

男の子だからです。歯を食いしばってこらえる俺を、天愛星さんがメッチャ真顔で凝視《ぎょうし》してくる。真顔すぎて怖いし、少しずつ近付いてくるのも怖い。

般若心経《はんにゃしんきょう》を心の中で唱えているうちに、会長チェックは終わった。

「ふむ、君の身体《からだ》のことは大体分かった」

……分かられた。

「君の身体は骨格が華奢《きゃしゃ》で筋肉量が少ない」

なぜか天愛星《ていあ》さんがゴクリ、とツバを飲みこむ。

「えーと、じゃあそれに合わせた走りの練習が必要ということですか」

会長が首を横に振る。

「いいや、君にはそもそも練習をするための筋力がない」

え、なにそれ。俺には練習すら許されないのか。

「いやでも、月末の勝負に備えてなにもしないわけには」

「だから最初の10日は、全体的な筋力と体力アップをはかる。走りの練習は最後の1週間だ」

「それで間に合うんですか？」

「分からん。分からんが、私ならそうする」

言いきると、俺の瞳を正面から見つめる会長。

……天愛星さんの紹介があったとはいえ、この人はなんの得にならないにもかかわらず、こうして俺のために来てくれている。

その視線を真っすぐ受けとめてから、俺は深く頭を下げる。

「はい、よろしくお願いします」

「他ならぬ馬剃《ばそり》君の頼みだ。任せたまえ」

当の天愛星さんはすぐそばで俺たちを凝視している。落ち着かない。

「それとさっきから歩きかたがおかしいな。右足を痛めているのか？」

「なんか右の足首がちょっと。筋肉痛ですかね」

「足首なら軽いねんざかもしれんな。小抜《こぬき》先生に話を通しておこう」

そうか、保健室には行きたくないけど仕方ない。行きたくないけど。

会長は足を伸ばして地面に座ると、自分の隣をポンポンと叩《たた》く。

「今日は関節に負担をかけない筋トレメニューをいくつか教えよう。隣に座りたまえ」

「あ、はい」

素直に従っていると、今度は動画でも撮っているのだろう。天愛星さんがスマホを構えて俺たちの周りをウロウロしている。ずっと真顔だからなんか怖いな……。

そんなこんなで時計も7時半を回った頃、会長レッスンが終わった。

「そういえば、足はどのくらい痛むんだ？」

「走らなければ大丈夫です。歩くと少し痛むくらいで」

「ふむ、では連絡先を交換しよう」

会長はスマホを取りだす。

「いまの足の痛みを10として、毎日状況を数字で教えてくれ」

「じゃあLINEでいいですか」

会長と連絡先を交換していると、至近距離まで近付いていた天愛星《ていあら》さんがゴホンと咳払《せきばら》い。

「……温水《ぬくみず》さん、LINEはやってますか？」

「っ?!」

3度目だ。天愛星さんが本格的にバグったのでなければ、これはあれだ。

「えっと……じゃあ馬剃《ばそり》さん、LINE交換しようか」

「えっ、あっ、はい！」

……やっぱこの人、わけ分からん。

QRコードを差し出すと、天愛星さんはカメラを向けてくる。

「そういえば今日は体調よさそうだね」

「私、いつもそんなに元気ありませんか？」

「え、だって最近よく鼻血を――」

言いかけた俺に、天愛星さんがフフンと胸を張る。

「安心してください。最近、黄連解毒湯《おうれんげどくとう》を飲み始めたんです」

「ゲドク……？　なにそれ」

「漢方です。漢方の力で鼻血は完全に克服《こくふく》しました！」

そうか、漢方すごい。次は中身の解毒を頼みます。

◇

生徒会の3人と別れると、俺は朝練中の野球部を横目にグラウンドの隅を歩いていた。

これから部室で着替えて授業か……。グッタリしていると、

「やってるね。いい感じだったじゃん」

バナナをムチャムチャ食べながら、八奈見《やなみ》が前から歩いてきた。

「見てたの？　声かけてくれればよかったのに」

「そう思ったけどさ、ほら」

八奈見が食べかけのバナナで、校庭脇の木を指す。

木の幹から、小鞠《こまり》がチラチラとこっちを見ている。

「あいつはなにしてんだ」

「よく知らない人がたくさんいたから、人見知りモードに入っちゃって」

なるほど。生徒会の人たちって全体的に風変わりだしな。

俺は疲れた足を引きずりながら、小鞠が隠れる木に歩み寄る。

「どうした小鞠」

小鞠《こまり》は木の幹から顔を半分出したまま、俺をジッと見てくる。

「こ、これからも、あの人たちに教えてもらう、のか?」

「ああ、コーチとして毎日様子見てくれるってさ」

「………………」

なんかまた黙りこんだ。

「えーと、どうかしたか?」

「あー、また温水《ぬくみず》君が小鞠ちゃんいじめてる」

食べ終わったバナナの皮をプラプラさせながら、八奈見《やなみ》がダルがらみをしてくる。

「八奈見さん、見てたよね?　俺はなにもしてないぞ」

と、小鞠がおずおずとドリンクボトルを持った手を伸ばしてくる。

「え、えと……ド、ドリンク、作ってきた」

「助かった、ちょうどノドが乾いて——」

小鞠は俺をスルーして、なぜか八奈見にボトルを渡す。

「ありがと小鞠ちゃん」

「え、これ俺に作ってくれたんじゃないのか」

小鞠はオドオドと俺を見上げると、

「……う、浮気者」

謎の言葉を残して走り去る。なんなんだ。

「これ、りんご酢が効いてて美味《おい》しいよ。疲労回復に効きそうだね」

「それやっぱ俺のじゃない？　八奈見さん、なんで飲んでるんだ」

八奈見はストローをくわえたまま、ヤレヤレと肩をすくめる。

「でも温水君、私がちょうだいって言ったらくれるでしょ？」

「あげるけど」

「そういうことだよ温水君」

どういうことだよ八奈見さん。

八奈見はもう一度大きくドリンクを吸うと、飲みかけのボトルを俺に手渡す。

「はい、半分残しといたよ」

まあ、悪代官に年貢を徴収されたようなものだ。俺はあきらめてストローをくわえ——。

……なんかちょっとバナナの匂いがするな。

俺はウエットティッシュでストローを丹念に拭いてからドリンクを飲む。

塩分と甘み、酸っぱさの入り混じった冷たいドリンクが身体《からだ》に染み渡っていく。

でもちょっとバナナの風味が残ってる。……ツライ。

◇

その日の晩。自室で会長から教えてもらったストレッチをしていると、実に自然に佳樹《かじゅ》が部屋に入ってきた。

自然なのでなにも言わずに続けていると、佳樹が俺の前にちょこんと座る。

「お兄様、最近スポーツでも始めたのですか？」

「あー、最近ちょっと運動不足だったし。なんか用でもあるのか」

「今週末ホワイトデーですよね。友達のと一緒に、お兄様の分も用意したのでどうぞ」

もうそんな時期か。バレンタインにもらったのは朝雲《あさぐも》さんからの義理チョコ1個だが、部室に持っていかないと八奈見《やなみ》がうるさいよな……。

佳樹が差しだした紙袋を受けとって、中身をのぞきこむ。

「ありがと。ええと、なにが入ってるんだ？」

「最近、ヨーロッパの伝統菓子に凝《こ》ってまして。ドラジェとピニョラータ、シュトロイゼルクーヘンを作りましたので、みなさんで召し上がってください」

「……え？　なにとなにとなに？」

ポカンとしている俺に、佳樹がさらにもう一つ、ラッピングされた箱を差しだしてくる。

「それとこれはピッタンキューザです。特別な方にお渡しください」

ピッタン……新しいパズルゲームかなんかかな。

でもちょうど良かった。朝雲さんには個別に渡さないとだし、これをあげるとしよう。

「じゃあ、ありがたくいただくよ。助かった」

色々あったバレンタインからもう1か月か。

文芸部の新歓とか先輩たちの引っ越しとか、色んなゴタゴタが焼塩《やきしお》との勝負に塗りつぶされている。そして自分自身がその中に巻きこまれているのが不思議な気分だ。

「お兄様、トレーニングを邪魔してすみません。よければお手伝いしましょうか？」

「じゃあ腹筋するんで足を押さえてくれないか」

「はい、喜んで！」

腹筋をする俺に、ニコニコ顔の佳樹がしきりに話しかけてくる。

「やはりお付き合いを続けるには、相手の趣味に合わせる必要がありますものね。佳樹、応援します！」

「これは関係ないからな？　それと顔が近いぞ」

「それとお兄様、最近佳樹は洋裁《ようさい》も始めたんです。まずは小さい物から作りたいので、手ごろな物はないでしょうか。例えば――ベビーウェアとか？」

「ああ、それは自分の時にとっておきなさい」

……なぜだろう、腹筋してるだけなのにやけに疲れる。そして顔が近い。

俺は30回まで数えたところで、仰向けで床に倒れこんだ。

ていく。

◇

──夜明けすぎ。焼塩檸檬《やきしおれもん》の目の前で、陽の光が少しずつ街を照らしはじめる。

豊川《とよがわ》沿いの河川敷《かせんじき》は薄い霞《かすみ》で白くけぶっていて、檸檬が走ると後ろに道ができるように開けていく。

檸檬は夜のわずかな名残《なごり》が消え失せる、その瞬間が好きだった。

ただ走り、息を吸い、吐く。

朝の空気が身体《からだ》に染みていき、昨日とは違う今日の自分になるような、そんな気がする。

新幹線の高架下《こうかした》を抜け、どこまで走ろうか迷っていると、河川敷の先に人影が見えた。

小さな身体で、いつも所在無げで不安そうで。だけど実は少し強くて。

間違いなく檸檬の大切な友人の一人。

──小鞠知花《こまりちか》。

彼女は檸檬を待ち受けるように真っすぐ立っていた。

小鞠の思いつめたような表情に、檸檬の胸に痛みが走る。

目を逸《そ》らしていた罪悪感が、逃げようもなく目の前に立ちふさがる。

檸檬は足を緩《ゆる》めると、小鞠にゆっくりと近付いていく。

「小鞠ちゃん、どうしてこんなところに……」

言いかけた言葉が消えていく。

「さ、最近、私を避けてる、だろ」

……小鞠は怒っている。

当然だ。彼女にとって文芸部はなにより大事な場所で。必死に守ろうとしていて。

それが分かっていながら、自分はそれを壊そうとしているのだ。

ただのエゴで。自分にすら分からない不確かな感情で。

檸檬は胸に手を当て、息を整える。

だけど言葉が出なくて、檸檬はその場に立ち続けた。

「ぬ、温水《ぬくみず》と勝負、するんだな」

沈黙を破ったのは小鞠。うつむいて、指が白くなるほど拳《こぶし》を握りしめ。

「……ごめん」

罪悪感なんて自分のためのものだ。

甘えそうな自分を心で叱《しか》り、小鞠の言葉を待ち受ける。

小鞠はゆっくりと深呼吸をして、冷静を装って口を開く。

「り、陸上部も最近、行ってないんだろ」

「……うん」

小鞠《こまり》は顔を上げる。

「ぜ、全部一人でやるつもり、なのか」

「こんなこと、誰も巻きこめないよ」

大きく口を開きかけた小鞠は、ゆっくりと息を吐くと静かに話しだす。

「な、なんで温水《ぬくみず》、なんだ。お、お前なら他にも……」

焼塩《やきしお》は首を横に振る。

「あたしにも——分かんない。なんでぬっくんなのか。でもあたし」

檸檬《れもん》は涙をこらえながら奥歯をかみしめる。

ダメだ。自分が悪いのに、涙を見せるなんて。絶対にダメだ。

どんな言葉も受けとめる。自分にできるのはそれだけだ。

「ごめん、やっぱ今回の勝負は」

「……ふ、ふざけるな」

小鞠が震えながら、言葉を絞《しぼ》りだす。

「ごめ——」

「わ、私に、手伝わせろ」

「……え?」

その言葉は余りに思いがけなくて。

檸檬は混乱して首を横に振りながら、後ろずさる。

「でも小鞠ちゃん。あたし文芸部のみんなを裏切ったんだよ。怒ってないの？」

「お、怒ってるよ！　めちゃくちゃ、怒ってる！　けど」

小鞠は焼塩に向けて、足を踏みだす。

「わ、私たちを裏切ってまで！　そこまでして、欲しいものがあるんなら！　手伝う、だろ！　友達、だから！」

一気に言いきると、小鞠はよろめいて踏みとどまる。

焼塩は伸ばしかけた手を、ためらうように戻す。

「だって、小鞠ちゃん。あたし――でも――」

……やっぱり、ダメだ。泣かないと決めたのに。

だけど、背負った負い目も、自ら選んだ孤独も――平気だったわけじゃない。

「ぬぁっ?!　や、焼塩、抱きつくなっ！」

全部自分が悪くて。誰にも言えなくて。

だけど一人でずっと不安で。ずっと泣きたくて。

「いっ、痛いって！　力を加減、しろ！」

そんな時、都合のいいおとぎ話みたいなことが起きたのだから。

いまは目の前の大事な友達を力一杯抱きしめて。

泣いたって、許してほしい。


――――


――それからどれだけ経《た》っただろう。

ハンカチで涙をぬぐわれて、焼塩《やきしお》は照れたように笑った。

「へ、へへ……カッコ悪いとこ見られたね」

「ど、どうせ、ここには私たち、だけだし」

小鞠《こまり》は自分も照れたのか、ぶっきらぼうにつぶやく。

そしてさみしそうに顔をふせ、言葉を繋《つな》ぐ。

「ぬ、温水《ぬくみず》に焼塩は、もったいないけど。好き、なら仕方ない」

「……ん？」

檸檬《れもん》は再び本気で戸惑うと、目をパチクリさせる。

「待って小鞠ちゃん。あたし、ぬっくんのことは友達として好きだけど、恋愛感情とかそういうのはないよ」

「うぇ……？」

しばらく眉を寄せて考えていた小鞠が、大きく目を見開く。

「ちっ、違う⁉　え、えと、違う、の？」

檸檬は澄んだ瞳で頷《うなず》く。

「うん。あー、今回みたいなのは誤解されちゃうよね。ぬっくんってガツガツこないから、つい安心して甘えちゃってさ」

苦笑いしながら頬《ほお》をかく檸檬。と、なにかを思いだしたように首をかしげる。

「小鞠ちゃんこそ、ぬっくんのことが好きなんでしょ？」

「うなっ⁉」

ズザザッ、と後ろに飛びのく小鞠。

「ちっ、違う――からっ！」

「えー、そうなんだ。でも小鞠ちゃん、ぬっくんのこと意識してるよね」

高速で首を横に振る小鞠。

「だ、だって、玉木《たまき》先輩の時は――ド、ドキドキしたり、胸が苦しくなったりした、けど」

大きく息を吸って。

「ぬ、温水《ぬくみず》は、なんかイライラして、気に障《さわ》ることばかりで、気になって。だっ、だけどあいつは、平気な顔してるから。な、なんかムカつくから少しくらい、その——そっ、それだけ、だから！」

さらにグーッと首をかしげる檸檬《れもん》。

「それ、好きとは違うの？」

「ち、違うし！　玉木《たまき》先輩の時とは、ち、違う！」

全力で断言する小鞠《こまり》。

それを聞いた焼塩《やきしお》はとりあえずもう一度——小鞠を抱きしめた。

「もう、小鞠ちゃん可愛《かわい》い！」

「だっ、だから力を加減、しろ！」

◇

金曜日はホワイトデー前、最後の平日だ。

放課後の部室、俺はテーブルの向かいに座る八奈見《やなみ》に向かって、ラッピングされた3つの袋を差しだした。

八奈見は重々しく頷《うなず》くと、ひとつ目の袋を開ける。

「これは――砂糖菓子だよね。えっ、めっちゃ綺麗《きれい》じゃない？　店じゃん！」

佳樹《かじゅ》が作った一つ目のお菓子は、アーモンドを糖衣《とうい》で包んだ楕円形《だえんけい》の菓子だ。

八奈見は色とりどりの砂糖菓子を指先でつまむと、寄り目で凝視《ぎょうし》する。

「これ綺麗すぎるけど食べて大丈夫？　つけ爪混じってない？」

「混じってないし。うちの佳樹は化粧《けしょう》とか、そういうのなくても――」

八奈見は俺の熱弁を無視して、お菓子を口に放りこむ。

「美味《うま》っ！　やっぱ店じゃん」

「八奈見さん、全部食べちゃダメだって」

食べ続ける八奈見から袋を取りあげる。

八奈見は気取った仕草で指先をぺろりと舐《な》めると、３種類のお菓子の名前が書かれた紙片をジッと見つめる。

「よし分かった。このお菓子の名前は――シュトロイゼルクーヘン、だね」

「いや、これはドラジェってフランス菓子らしい」

「外したか。結構惜しかったよね？」

いや別に惜しくない。俺は残りの袋の口を開ける。

「ちなみにシュトロなんとかは――」

「待って、今度こそ当てるから」

八奈見《やなみ》は二つ目の袋をのぞきこむと、フフンと鼻を鳴らす。

「はい、分かりました。この軟骨唐揚げみたいのがシュトなんとかでしょ」

「それはピニョラータってイタリア菓子だな。で、こっちがシュトロイゼルクーヘンだ」

「この電子顕微鏡で見た皮膚の表面みたいのが？」

少しは美味《うま》そうな表現をしてくれ。

八奈見は疑いに満ちた表情で、薄く切った四角いケーキをパクリとかじる。

「美味っ！　これも店の味だ。２店舗目、開店だよ」

上機嫌でお菓子をパクつく八奈見。ホワイトデーのお返しはお気に召してくれたようだ。

「そういえば私も持ってきたんだよ。温水《ぬくみず》君ばかりに文芸部の女子力を渡さないからね」

そんなもんはいらんが、言うからにはよほど自信があるのだろう。

と、八奈見は丸いクッキー缶をテーブルの上に置く。

「……これ普通にスーパーとかに売ってるやつだよな」

「なんだかんだで市販のお菓子が一番美味い――私はその結論に達したの」

女子力どこいった。八奈見はクッキー缶を開けると口に放りこむ。

「妹ちゃんのには負けるけどこれも美味《おい》しいよ。甘いし」

そうか甘いか。色々考えるのを放棄して八奈見の食いっぷりを眺めていると、勢いよく部室の扉が開いた。一瞬、焼塩《やきしお》の姿が頭をよぎったが、立っていたのは小鞠《こまり》だ。

「ちょうどよかった。ホワイトデーのお菓子があるぞ」

小鞠はなぜか部屋の入口に立ったまま、俺をジロリと睨《にら》む。

「ぬ、温水。お前は――敵だ」

なんか言いだした。ええと、なんか分からんが俺が小鞠の敵なのか。

「ああ、分かった。俺は敵なんだな。さっき八奈見さんとお菓子の名前あてゲームしてたけど、小鞠もやるか？」

「うぇ……？　え、えと、温水は敵なので、その」

しどろもどろな小鞠に八奈見がウンウンと頷《うなず》いてみせる。

「分かるよ小鞠ちゃん。温水君って女の敵だしね。私のクッキー食べる？」

「う、うん。私もクッキー、作ってきた……」

カバンからタッパーを取りだしながら、椅子《いす》に座る小鞠。

小鞠の手作りクッキーも加わり、放課後のティーパーティーも盛りあがってきた。

ようやく小腹が満たされたか、クッキー缶の大半を空にした八奈見が紅茶をすする。

「そういえば温水君、会長さんとのトレーニングはどう？」

「どうもなにもまだ三日目だし。でも色々教えてくれて助かるよ」

澄まし顔で答えたが、美人な先輩の個人指導なんてやる気が出るに決まっている。

天愛星《ていあら》さんの視線は怖いが、勝負が終わっても続けてほしいくらいだ。

と、なぜか八奈見《やなみ》と小鞠《こまり》が俺をジト目で見ている。

「え、なに……？」

「まあ、会長さんにデレデレしながら筋トレしてたら、そりゃ続くよねー」

「し、死ね」

なんという誹謗中傷《ひぼうちゅうしょう》。

「二人とも会長に失礼じゃないかな。確かに身体《からだ》が密着することは多いけど、あくまでもトレーニングの一環だぞ」

俺の真摯《しんし》な説明にもかかわらず、八奈見はジト目をくずそうとしない。

「それはそうだね、私が悪かったよ。で、温水《ぬくみず》君は？　なにも感じないの？」

「ええと、一般論としてだ。健康な男子が美人な先輩と密着すれば、刺激が強いのは当然だ。そして俺も一般男子なわけで、まったく意識しないといえばウソになる」

ゴホン。咳払《せきばら》いをして話を続ける。

「つまりそれが俺のやる気の原動力となっていることは否定しないが、あくまでも結果論であって目的は勝負に勝って焼塩《やきしお》を引き留めることであり――」

それから60秒にも渡る俺の熱弁は、八奈見の『長っ！』の一言でスルーされた。

「それならそれでいいけどさ、勝ち目はあるの」

「まあ、それはこれから次第だな」

足首の痛みはずいぶんと引いてきた。

会長と相談して筋トレのメニューも増やし、通学も自転車に切り替えた。

勝負までの２週間。一日も無駄にはできない――。

「あ、今日の連絡忘れてた」

スマホを取りだす俺を、不思議そうに見る八奈見。

「連絡って？」

「足首を痛めてるから、その具合を会長に報告することになってるんだ」

「……毎日？」

「ああ、毎日」

なんでそこにこだわるんだ。会長に連絡を入れると、すぐに返信があった。

ええと、運動部のトレーニング機器に空きがあるから来れないか――とのことだ。

「俺、会長に呼ばれたから行ってくるよ。お菓子、食べちゃって」

と、シュトロイゼルクーヘンをかじっていた小鞠が咳《せ》きこみながら俺をとめる。

「ま、待て温水。て、敵の話」

……なんだっけ。そういえば部室にきた時、そんなことを言ってた気がする。

「ええと、俺が小鞠の敵って話だっけ」

小鞠はお茶でお菓子を飲みこむと、コクコク頷《うなず》く。

「そ、そう。わ、私、焼塩《やきしお》の味方することに、した」

……へ？

ええと、俺と勝負をしてる状況で焼塩の味方をするということは――。

「いや待て小鞠《こまり》。この勝負、俺が負けたらどうなるか分かってるよな？」

「や、焼塩と、ついでにお前も文芸部、辞めるんだろ」

うん、よく分かってる。

「だ、だけど、負ける気ない、から」

小鞠のやつどういうつもりだ。俺が知らないだけで裏文芸部とかあって、表の文芸部はもう用無しだとでもいうのか……？

戸惑う俺の前、八奈見《やなみ》が小鞠に袋を差しだす。

「小鞠ちゃん。これ中にアーモンドが丸ごと入ってるよ」

「お、美味《おい》しい」

ポリポリポリ。仲良くフランス菓子ドラジェをパクつく八奈見と小鞠。

「……ええと、小鞠は俺たちの敵になったんだよな。こんな感じでいいのか？」

八奈見が俺にお菓子の袋を差しだしてくる。

「勝負じゃ敵味方だけど、うちらケンカしてるわけじゃないじゃん。檸檬《れもん》ちゃんだって変わらず友達でしょ」

まあそうだけど。考えこむ俺の前で、小鞠がお菓子を小分けにして包み直している。

「お、お菓子、焼塩にも届けてやれ。家、近いんだろ」

「俺が焼塩の家に？　いや、それは……」

「さすがに小鞠ちゃんが届けた方がよくない？」

八奈見も珍しく俺に同意するが、小鞠は首を横に振る。

「や、焼塩、ああ見えてアレだから。ほっとくと、独りに、なる」

小鞠はお菓子の包みを俺に突きつける。

「……で、でも温水《ぬくみず》は敵だから。調子、のるなよ」

◇

そしてホワイトデー当日の日曜日。

俺は家の近所で、日課となったウォーキングをしていた。要は散歩だが、ジャージを着ているのでウォーキングと呼んでもいいだろう。

——何度目になるだろうか。俺は一軒の家の前を通りすぎた。

「行きづらい……」

通りすぎた家の表札には『焼塩』の文字。

俺は文芸部を代表してお菓子を届けに来ただけだ。

だけだが、女子の家のチャイムを鳴らすのがこんなにハードルが高いとは……。

もう一度、焼塩《やきしお》の家の前まで来た俺は立ち止まって——再び歩きだした。

よし、初めて『家の前で立ち止まる』に成功したぞ。

次からチャイムを鳴らすイメトレを始めて、身体《からだ》に無理がないよう次第に慣らして……。

「あら、檸檬《れもん》のお友達？」

その声に足がとまった。うつむいて歩いていた俺の前に、一人の美女が立っている。

年齢は不詳だが甘夏《あまなつ》先生よりは上に見える。肩まで伸びた髪、モデルのようなバランスの取れた身体と整った顔立ち。なによりその雰囲気にはどこか既視感《きしかん》がある。

「えっ、あの、同じ学校の文芸部の者ですが……檸檬さんのお姉さんですか？」

思わず口にしたが、焼塩に姉がいるとは聞いてない。ということはひょっとして——。

女性の顔に笑みが広がる。

「あらあら！　さ、どうぞ上がってくださいな！」

「いや、荷物を渡しにきただけで」

いかん、なんかのイベントフラグを立ててしまった。女性は俺の手をつかむと、グイグイと引っ張ってくる。この強引さとパワーは間違いなく焼塩一族だ。

抵抗むなしく家に連れこまれた俺に向かって、彼女はもう一度、微笑《ほほえ》んだ。

「いらっしゃい。私、檸檬の母です。姉じゃなくて母です、母」

◇

リビングのテーブルに通された俺の向かいに、笑顔の焼塩母が座った。

目の前では紅茶のカップが湯気を上げ、その横にはケーキまで添えられてる。

「えーと、自分は檸檬さんに荷物を届けに来ただけなんですが……」

「あの子いま、走りに行ってるの。ケーキでも食べて待っててくれるかな」

それなら帰りたい。だけどこれだけ歓迎されて、いきなり帰るのも気まずいな……。

紅茶を飲みながら、両手でカップを持つ焼塩母の様子をうかがう。

さすが焼塩の母だけあって、かなりの美人だ。俺たちの親世代だから若くてもアラフォーのはずだが、アラサーでも通用する。

そういや焼塩の水族館デートの服、いつもはこの人が着てるのか……そっか……。

胸を去来《きょらい》する様々な感情を味わいつつ、俺は紙袋をテーブルに置く。

「これ文芸部からって檸檬さんに渡してくれますか」

「わざわざありがとね。あの子って文芸部ではどんな感じなの？」

文芸部での焼塩？　着替えのシーンばかり頭に浮かぶが、ここで言うことじゃないよな……。

「そうですね、いつも元気で明るくて……えっと、それと元気がいいです」

なんか同じこと2回言ったぞ。

俺の塩コメントにもかかわらず、焼塩母《やきしお》はニコニコ顔で頷《うなず》いている。

「うんうん、それで他には？　檸檬《れもん》、小説とか書いてるの？」

「小説は書かないけど、ええと、そうですね……娘さんは足が速くて、元気です」

塩分の増していく俺の焼塩評。

「うん、元気ならよかった。最近ちょっと気になってたから」

そう言うと、紅茶を一気飲みしようとして熱さでワタつく焼塩母。

……なんか可愛《かわい》いな。人の親だけど。

さて、焼塩が帰ってくる前にさっさと帰ろう。立ち上がるタイミングを見計らっていると、焼塩母が俺をジッと見つめながらポツリと呟《つぶや》く。

「……ひょっとして、君のことなのかな」

へ？　なにが？　ポカンとしていると、玄関の方から誰かの足音が近付いてくる。

「ねえ、ママー。洗濯物もう乾いてたっけー」

言い終わると同時に、リビングの扉を開けたのは焼塩檸檬。

タンクトップにショートパンツ姿、タオルで首をふきながらリビングに入ってくると、俺の姿に一瞬固まる。

「――って、ぬっくん?!　どうしてここにいるの?!」

いや、俺にもよく分からん。

「えっと、文芸部を代表してホワイトデーのお菓子を持ってきたんだけど……」

「そうなんだ。ええと……ありがと……」

焼塩は気まずそうに頰《ほお》をかきながら、目を逸《そ》らす。

気まずさなら俺も負けてないぞ。用事は済んだし今度こそ帰ろう。

暇《いとま》を告げようとした瞬間、焼塩母が先に立ちあがる。

「じゃあおばさん、ちょっと買い物行ってくるから！　温水《ぬくみず》君はゆっくりしていって！」

「ママ?!」

「いや自分も帰りますから」

席を立とうとすると、素早く駆け寄ってきた焼塩母が俺の両肩を押して再び座らせてくる。

「いいからいいから。ケーキもマッターホーンのやつだから美味《おい》しいよ。はい、檸檬も座った座った」

「ちょっとママ！」

焼塩を俺の向かいに座らせると焼塩母は、

「じゃ、ママ行ってくるねー」

言い返す間もなく部屋を出て行った。この勢い、やっぱり焼塩母だ。

この雰囲気で残されるのも気まずいし、そのまま帰るのもなんだしな……。

戸惑っていると、焼塩《やきしお》が根負けしたように苦笑いする。

「ぬっくん。ケーキ食べなよ」

「ああ……それじゃいただきます」

モンブランにフォークを入れていると、焼塩の視線を感じる。やたら感じる。

「あのさ、ジッと見られると落ちつかないんだけど」

「……最近、生徒会長さんに走るの教えてもらってるでしょ」

ケーキに伸ばす手がとまる。

「そうだけど、別に変な気はおこしてないぞ？　あくまでもトレーニングのためだ」

「変な気？　そんな話はしてないんだけど」

……うん、してなかったな。俺が勝手に自白しただけだ。

焼塩は頭の後ろで指を組むと、俺をジロリと睨《にら》んでくる。

「ふうん、ぬっくんは会長さんをそんな目で見てたんだ。へーえ」

見てないが、これ以上口を開くと失言の予感しかしない。

黙ってケーキを食べていると、焼塩が俺に向かってタオルを放り投げてくる。行儀《ぎょうぎ》が悪い。

「ちぇっ、せっかくあたしが教えてあげようと思ってたのにさ」

「俺に？　勝負する相手にそういうのありなのか」

顔からタオルをはがしながらたずねると、焼塩は当然とばかりに肩をすくめる。

「だってあのままじゃ勝負になんないじゃん」

「焼塩はその方が確実に勝てるだろ」

「そりゃほっとく方があたしには有利だけど。それでもあたしが勝つよ。当日にはバッチリ仕上げていくから」

そう言って、焼塩が俺に勝気な表情を向けてくる。

……そう、焼塩檸檬《れもん》はこんな女だ。自信にあふれ、強気で前向きで。

でも意外と弱いところもあって、湿っぽくて気にしいで――。

と、ガタリと音をたて、焼塩がテーブル越しに身を乗りだしてきた。

「焼塩？」

口元に少しだけ笑いを残して。焼塩の顔が俺に近付いてくる。

「え、あの」

「ひと口、ちょうだい？」

……ああ、ケーキか。あたふたとフォークにケーキをのせると、焼塩の口元に差しだす。

焼塩はもったいぶるように口を開くと、ゆっくりとそれをくわえる。

俺がフォークを口から引き抜くと、焼塩は唇に付いたマロンクリームを指でぬぐう。

「ぬっくん、へたっぴ」

「あ、ごめん」

落ち着け俺。攻守は逆だが、焼塩《やきしお》とは『あーん』をしたことくらいある。

確かにここは喫茶店ではなく焼塩の家で、焼塩母も気を遣って席を外しているが——って、なんだこのシチュエーション。

ゴクリとツバを飲みこむ俺に向かって、焼塩は小さく笑う。

「バレンタインのお返しだね」

「へ？　ホワイトデーのお菓子ならそこにあるけど」

「………そーゆーとこだな」

焼塩は不機嫌そうにつぶやく。

「なんか俺、変なこと言った？」

「じゃあ、もう一口くれたら教えてあげる」

焼塩は再び口を開ける——瞳を閉じながら。

「え、おい」

なにこの状況。お姉ちゃんプレイの時とは立場が逆だし、これは……妹プレイというやつか。

うん、それなら慣れてる。

俺は自分に言い訳をしながら、震えるフォークをゆっくりと焼塩の口に——。

「姉さん、友達来てるよ」

っ⁉　慌てて身を引く俺と焼塩。

声の方を向くと、小学生の高学年くらいだろうか。分厚い眼鏡をかけた三つ編みの女の子が、冷めた表情で俺たちを見つめている。

「ナギ⁈　それに──」

「八奈見《やなみ》さんっ⁈」

そう、焼塩妹とおぼしき女児の後ろに、腕組みをした八奈見が立っているのだ。

「……二人ともなにやってんの？」

「「なっ、なにもしてないって！」」

キレイにハモる俺たちを見て、八奈見の眉がクイッと上がる。

「つまりあれなの？　これって──パターンＡってやつ？」

「え、なにそれ」

謎の概念に戸惑っていると、八奈見は焼塩の隣にドサリと座る。

「パターンＡはあれだよ。私が知らないだけで、実は二人がくっついてたってやつ。これまでの色々思いだして、夜に布団の中で、うわーってなるやつだかんね」

俺と焼塩は顔を見合わせてから首を横に振る。八奈見が頭を抱える。

「じゃあパターンBか……それくるか……」

「……一応聞くけど、それってどんなの？」

「二人がくっつく過程をリアルタイムで見せつけられるやつだよ。あれだよ？　私、いままでもうなされてるからね？」

ああ、袴田《はかまだ》と姫宮《ひめみや》さんのパターンか。それも違う。

「いや、俺と焼塩《やきしお》は本当になんでもないから」

「うん！　なんでもないって！」

「じゃあなんで、アーンとかしてたのさ」

ジロリと八奈見《やなみ》が俺を睨《にら》む。えーとそれは……。

俺が救いを求めて視線を送ると、焼塩がコクリと頷《うなず》く。

「ほら、お菓子のシェアって普通にするじゃん？　それだよ」

「男の子相手にする？」

焼塩が不思議そうに首をかしげる。

「あたし光希《みつき》と普通にしてたよ。八奈《やな》ちゃんも袴田とそのくらいしてたでしょ？」

「……したことないけど？」

静まり返る焼塩家の食卓。

と、椅子《いす》をガタガタと引きながら、俺の隣に焼塩妹が座った。

そしてグラスに入った牛乳をクピクピと飲み始める。マイペース。

「ねえねえ、そっちの妹ちゃんは何年生なの？」

空気を変えようとでもしたのか。八奈見《やなみ》が話を振ると、焼塩《やきしお》妹は分厚いレンズ越しにジロリと見返す。

「――ナギ、です。小６」

「そっか、今度中学に上がるのかな。焼イモちゃんは好きな男の子とかいるの？」

焼塩妹は牛乳を飲み干すと、タンと音をたててグラスを置く。

「そういうの興味ないです。姉さん、乾いた洗濯物はベッドの上に置いといたから、ちゃんとたたんでタンスに入れてね」

一気に言い終えると、焼塩妹はグラスを片付けてリビングを出て行った。マイペース。

「いまのが焼塩の妹さんか」

「うん、あたしと違って頭いいんだよ。市電の降車ベルも、ちゃんと降りるとこまでガマンできるし」

むしろこいつガマンできないのか。

「えっと……それで八奈見さんはどうしてここに」

「あ、そうそう。二人に伝えたいことがあったんだよ」

八奈見は立ち上がると、コホンと咳払《せきばら》い。

「私も檸檬《れもん》ちゃんにつくことに決めました！　そういうわけだから、いまから私と温水《ぬくみず》君は敵同士です！」

?!　なに突然。焼塩も目を丸くしているぞ。

「いやちょっと待って。八奈見さん、この勝負の意味分かってる？」

「分かってるけど、小鞠《こまり》ちゃんも檸檬ちゃん側でしょ？　私一人じゃさみしいし――」

八奈見は俺をジロリと見下ろす。

「温水君は生徒会長さんにデレデレだもんね。私がいちゃ邪魔かなーって」

焼塩はウンウンと頷《うなず》く。

「やっぱそうだよね。ぬっくん、鼻の下のばしてるっていうか」

「ねー、公私混同ってこういうのをいうんだよ」

こいつら早くも俺を攻撃しだしたぞ。しかし俺が会長にデレデレしてるという偏見《へんけん》は捨ておけない。ちゃんと顔には出さないようにしているのだ。

八奈見は焼塩とひと通り俺の愚痴を言い合うと、髪を直しながら椅子《いす》に座りなおす。

「まあ、そういうことだから。それでさ、話は戻ってケーキのシェアのことだけど」

ええ……そこまで話が戻るのか。

「だからあれにそんな深い意味は――」

「だよね、うん。よく考えれば、友達同士シェアするのって普通のことだったよ」

分かってくれたか。多少のプレイ感はあるが、決して変な意味はないのだ。

胸をなでおろしていると、八奈見《やなみ》が目を逸《そ》らしながら指先でテーブルをトントンと叩《たた》く。

「だから私も一口くらい、いいかな……って」

トントントントン。八奈見の指が音を立てる。

……？　食べたいのならそう言えばいいのに。俺はケーキの皿を八奈見の前に置く。

「残り食べていいよ。俺そんなにお腹空《なか》いていないし」

一日一善。こうやって小さな功徳《くどく》を積むのがガチャの引きに繋《つな》がるのだ。

ひそかに満足している俺とは逆に、八奈見と焼塩《やきしお》はジト目で俺を見ている。

「え、なに？　どうかした？」

焼塩は呆《あき》れたように肩をすくめる。

「ぬっくん、ホントそーゆーとこだね」

え、なにが？　戸惑う俺に八奈見も呆れ顔を見せてくる。

「そういうとこだよ、温水《ぬくみず》君。でも檸檬《れもん》ちゃん、私そういうんじゃないからね？」

「違うの？」

「違うよ？」

なぜか真顔で見つめあう二人。

……そーゆーとこだったり、そういうんじゃなかったり。
世の中にはなにやらややこしい話が多い。
俺はカップを手に取り、中身が空なことに気付くと再び皿に戻した。

# Intermission　お付き合いには順番が大切です

豊橋《とよはし》駅ビルのカルミア。衣料品店が並ぶ一角を、二人の少女が歩いていた。

一人は温水《ぬくみず》佳樹《かじゅ》。時折立ちどまっては、店頭のディスプレイをのぞきこむ。

と、隣を歩いていた背の高い娘が、佳樹の小さな頭をポンポンとたたく。

「ヌクちゃん、気になる服があるなら寄ってってたらどうだん？」

「気になるといっても、欲しいわけじゃないの。いくら佳樹でも子供服は着れないもん」

「子供服？」

ゴンちゃんこと権藤《ごんどう》アサミは佳樹の視線を追う。

そこには幼児が着るような小さなサイズの子供服があった。

「へえ、可愛《かわい》いじゃんね。これがどうしたの？」

佳樹は店頭のハンガーラックに歩み寄ると、指先でなでる。

「歩きだしたら、どんな服が似合うかなって思って」

「……？」

どういう意味だろう。

しばらく首をかしげて考えていたゴンちゃんの顔が、見る間に青くなる。

「ヌクちゃんっ?! まさかお兄様となにかあったの?!」

「どうしたの、そんなに慌てて。いつも通り佳樹とお兄様はラブラブだよ?」

……どうやら心配するようなことはなさそうだ。ゴンちゃんは胸をなでおろす。

「じゃあなにがあったのかん?」

「それがね、お兄様がそろそろ心を決めたみたいなの」

「え、そうなんだ。良かった……じゃんね」

あの『世界一素敵』なお兄様についに恋人が?

反応を見ながら慎重《しんちょう》に答えると、佳樹は胸に手を当て目をつぶる。

「はい、佳樹はお兄様の意思を尊重します。そしてお兄様に彼女ができたら次は——」

「次は?」

佳樹は目を開くと、なにかを覚悟したような表情で言った。

「次は佳樹が叔母《おば》さんになる番だと思うの」

「本当にその順番でいいのかん……?」

佳樹は無言でコクリとうなずく。

「とはいえお兄様もお相手もまだ高校生。だから佳樹がお兄様の子供のママにならないといけないでしょ?」

「……本当にならんといかんの?」

「いかんのよ」

佳樹《かじゅ》はハンガーラックから小さな上着を外すと、胸に抱く真似をする。

「親戚の赤ちゃんをだっこした時はこんな感じだったかな。1歳を超えたら横抱きはだんだん大変になってくるから——」

ブツブツつぶやく佳樹に向かって、ゴンちゃんは言葉を選んで話しかける。

「だとしても、もっと先の話じゃんね。いまからせんといかんの？」

「佳樹は物心がついてからずっと花嫁修業を続けてきたでしょ？　だから次はママとしての準備を始めないといけないの」

「ほっかー……準備せんといかんか……」

「いかんのよ」

こうなったら誰にも止められない。

お兄様が心を決めたというのも誤解がありそうだが、問題はそこではない。

ゴンちゃんはエア抱っこをする佳樹の腕に、小さな子供の姿が見えたような気がして——

慌てて首を横に振った。

# ～4敗目～　焼塩檸檬《やきしおれもん》という女

八奈見《やなみ》の敵対宣言から5日がすぎ、今日は三学期の終業式だ。

特別な日ほど気持ちがフワフワとして、夢でも見ているように過ぎていく。

終業式が終わって教室で通知表を配られても、まだ現実感がわいてこない。

俺は二学期から成績の下がった通知表を閉じると、教室を見回す。

ざわめいていた教室は、先生が口を開かなくても少しずつ静かになっていく。

やがて全員が席に座って静けさを取り戻すと、甘夏《あまなつ》先生が話しだした。

「……さて、明日から春休み。次に登校する時にはお前らは2年生だ」

いつにない甘夏先生の真面目な表情。いつもと違う空気を感じて、俺は思わず背筋《せすじ》を伸ばす。

「2年は文理も分かれて、クラス替えもある。いまのクラスメイトで顔を合わせるのも、このHRで最後だ」

先生は教卓からの光景を目に焼き付けるように、時間をかけて俺たちを見回す。

「だけどこうやって毎年解散して、4月には新しいクラスができるんだ。不安もあるだろうが、いざ始まってしまえばどうにでもなる。自分が不安なときは相手も不安なんだ。自分が相手を思いやれば、きっと伝わるはずだ」

――この1年間、色々あった。

一学期はほとんど誰とも口をきかなかったが、気が付けば自分の周りには人がいて。

面倒ゴトも多かったが、楽しいこともたくさんあった。

「この1－Cのことは先生がずっと覚えててやるから、お前らは明日には忘れたっていい。だからお前らは安心して次の段階に進め」

最初は俺の顔すら覚えてなかったこの先生も、最近はようやくスムーズに俺の名前が出てくるようになったし、文芸部に顧問の先生を連れてきてくれたのも記憶に新しい。

小抜《こぬき》先生の投入に関しては功罪《こうざい》あるが、収支はギリでプラスといったところだ。

甘夏先生もようやく気持ちを語り終えたのか、ホッと肩を落とす。

「先生も、こうやって教え子を送りだすのは5回目だが、この時間はちょっとさみしいな……うん……」

甘夏先生は鼻をすすりあげながら、ハンカチで目元を押さえる。

この人、泣いているのか……？

こんな先生だが、ちゃんとクラスのことを思ってくれてたのだ。

思わぬ先生の涙に、教室もしんみりとした空気に包まれ――。

「あれ、送り出すのって今回で6回目だっけ。それとも4回目？　通知表を家に忘れて、学年主任にガチ説教《せっきょう》されたのは3年目だったか……？」

甘夏《あまなつ》先生の独り言が教室の湿っぽい空気を吹き飛ばす。

やはり甘夏ちゃんは最後まで甘夏ちゃんだ。

「えー、まあ2年生で同じクラスになるやつもいるし、授業で顔も合わせるしな。来年も私をよろしく頼むぞ！」

甘夏先生はいつもの勢いで、出席簿で教卓をターンと叩《たた》く。

「よし、HRはこれで終わりだ！　1-C、これにて解散！」

◇

HRが終わっても、時計はまだ11時を回ったところだ。

今日はクラス会があるので、クラスメイトは名残《なごり》を惜しむでもなく教室を後にしていく。

ちなみに俺は呼ばれたけど断った。本当だぞ。

ガランとした教室で物思いにふけりながら、なにも書かれていない黒板を眺める。

「……思えば遠くにきたもんだ」

なんとなく口をつく。

友達もいなかった俺が、女子陸上部のエースとハンデ付きの100m勝負。

誰からも好かれて人気者。友達だろうと彼氏だろうと不自由しないはずのあいつが、なぜ俺にこんな大きな決心を委《ゆだ》ねたのだろう。

何十回、いや何百回目かの問答だ。

考えても答えは出ないし、１００ｍを走り切った先にすら、あるかどうか分からない。

だからいまは、できることをするしかない――。

「相変わらずだね、温水君《ぬくみず》」

いつものお気楽な声に身体《からだ》の力が抜ける。

言いながら教室に入ってきたのは八奈見杏菜《やなみあんな》。

ぐるりと教室を見回すと、俺の隣の席に座った。

「温水君、用事があるからクラス会休むんじゃなかったの？」

「ああ、これから会長と約束があるんだ」

「……ふうん、仲がよろしいことで」

相変わらず八奈見は、会長のことになると機嫌が悪くなる。

まあ、会長は文武両道の美人だし、存在に嫉妬《しっと》しているのだろう。

「八奈見さんこそクラス会は行かないの」

「もちろん行くよ。まだ時間に余裕があるからさ」

それで教室にお別れを告げにきたのか。八奈見にもわりとセンチなところがあるんだな。

八奈見は椅子《いす》の背もたれに体重をかけながら伸びをする。

「1年間あっという間だったよね」

「ああ、そうだな」

この1年、長かったようで、過ぎてしまえばあっという間だ。

椅子《いす》の前足を浮かせながら、八奈見《やなみ》が静かに話しだす。

「……ツワブキ入ってさ。高校生になったらきっと色々変わって、映画やドラマみたいな青春をおくるんだって夢見てて」

ギシリ、と椅子が音をたてる。

「――なかなか思った通りにはいかないもんだね」

自嘲《じちょう》とも諦観《ていかん》ともとれる、力の抜けた笑みを浮かべて。

八奈見が夢見ていた高校生活は、どんな光景だったのだろう。

きっと袴田《はかまだ》のやつが隣にいて、勉強したりデートをしたり。そして時にはケンカをしたり。

「草介《そうすけ》も華恋《かれん》ちゃんも同じクラスで、最初はちょっとつらかったけどさ。友達みんな優しくて、温水《ぬくみず》君も――」

「え、俺?」

思いがけず出てきた名前に思わず聞き返す。

八奈見はそれに答えるでもなく、

「……ま、そんなに悪くなかったよ」

そう言ってニヤリと笑う。

――そんなに悪くなかった。

涙と共に現れた八奈見が、その言葉で1年生を終えようとしている。

他人事《ひとごと》だけど、少しばかりホッとする。

きっと八奈見が流した涙も、無駄なばかりでもなかったのだろう。

そんなことを考えていると、ガタガタと音をさせて八奈見が椅子を寄せてきた。

「――それより知ってる？　クラス替えのウワサ」

ウワサ？　素直に首を横に振る俺に、八奈見が訳知り顔で言葉を続ける。

「付き合ってる同士って、別のクラスになるんだって」

「へえ、そうなんだ」

我ながら気のない返事だが、八奈見の言葉はとまらない。

「だからさ、草介と華恋ちゃんは別のクラスになるってわけ。これまでずっと一緒だったあの二人が別々になる上に、私と草介が同じクラスになる可能性があるでしょ。これってどういうことだと思う？」

「……まさか袴田を略奪《りゃくだつ》する気か？」

やめとけ、無謀《むぼう》すぎる。

俺の心配もどこ吹く風、八奈見はパタパタと手を横に振る。

「いやいや、いくら私でもそんなことしないって。二人とも私の親友だよ？」

「ホントにそう思ってる？　ホントに？」

こいつの親友設定、聞けば聞くほど怪しくなるな……。

「温水《ぬくみず》君、よく聞いて。高校生のカップルの7割は付き合って半年以内に別れるんだって」

「え、そんなもんなんだ」

八奈見《やなみ》は真面目な顔で頷《うなず》く。

「あの二人はお似合いだと思うし、このまま上手《うま》くいくことを祈ってるよ？　でもほら、数字は嘘《うそ》をつかないというか、7割は別れるわけじゃん？」

「はあ」

「最愛の恋人と別れて傷心の草介《そうすけ》……。そんな彼を幼馴染《おさななじみ》の私が支えてあげないとでしょ？

そこから新たな愛が生まれる可能性だって決して否定できないの」

弱ってるから手頃な相手ですませるとか、そんな感じだろうか。

手頃感に定評のある八奈見は、夢見る表情で天井を見上げている。

「でもあの二人、付き合って半年以上たってるよね。もう関係は安定してるんじゃないか？」

「……そうだね。あの二人、むしろ今が一番いい感じだし」

じゃあクラスが変わったくらいで揺らがないんじゃないかな。知らんけど。

それにあの二人が別になるとしても、八奈見が袴田《はかまだ》と同じクラスになるとは限らないわけで。

「……そっか、俺もクラス替えなんだな」

「え、いま気づいたの？」

「いや、分かってはいたけどさ。なんか最近、来週の勝負のことで頭がいっぱいで」

こうやって問題を越えていけば、ずっと今までが続くような気がしていた。

だけど周りはそんなことお構いなしで進んでいて。

焼塩《やきしお》の悩みすら、放っておけば時の流れに飲みこまれる。

「……そっちの練習は順調なのか？」

「もちろん。檸檬《れもん》ちゃん、調子上がってるよー」

八奈見は自分のことのように、得意気な笑顔を見せる。

――2・5秒のハンデ。俺が1年男子の平均タイムで走れば、焼塩は自己ベストを更新しない限り勝つことができない。

それを知った上での八奈見の笑顔だ。焼塩はきっとベストを更新してくる。

「チーム焼塩の一員として、負ける気はないからね」

八奈見は俺に拳《こぶし》を突きだしてくる。

俺は苦笑いをしながら、コツンと自分の拳をぶつける。

「ああ、お手柔らかに頼む」

グラウンド脇のプレハブには、古いがトレーニング機器が一通りそろっている。

普段は交代で運動部が使用しているが、終業式の今日は予定が入っていなかったらしく、会長に呼びだされたのだ。

◇

「よし、あと5回。ヒザを曲げないように」

「もう足が上がらないんですけど」

「そんな時は気合いだ。さっきから背中が浮いているぞ。3回追加だ」

「ええ……」

ベンチ台に仰向《あおむ》けになり、まっすぐ伸ばした足を上げる。

それだけのシンプルな筋トレだが、会長が太ももを押さえて負荷をかけるのでかなりキツイ。

ようやくノルマを終えてぐったりしていると、俺のお腹《なか》を会長がポンと叩《たた》いた。

「よし、そのまま5分休憩。次はマシントレーニングで追いこもう」

家でダラダラ腹筋するのと違って、ちゃんとやると筋トレってこんなにつらいとは……。

会長いわく、これでも運動不足の中高年向けのメニューらしい。

俺は身体《からだ》を起こしてベンチ台に座ると、掌《てのひら》でパタパタと顔をあおぐ。

「始めた頃と変わらずキツイですけど、少しは筋力がついてるんでしょうか」

「その分負荷を上げているからな。案ずるな、あくまでも動ける身体に調整するのが目的だ」

会長は言いながらスマホを操作する。こなしたメニューをアプリで管理しているのだ。

俺も同じアプリでデータを共有しているので、サボればバレる。

……この管理されてる感、嫌いではない。

「会長、ありがとうございます。なにからなにまで」

「気にするな。私が好きでやっていることだ」

会長はスマホをしまうと、俺の隣に腰を下ろす。

——好きでやっている。会長はそう言った。

もちろん俺への個人的な好意ではないだろう。それならば、残るのはただ一つ。

「……焼塩《やきしお》のこと、やっぱり生徒会長として気になりますか？」

俺の直球に、会長はむしろ楽しそうに笑う。

「否定はしない。気を悪くしないでほしいが」

「いえ、あいつは学校の有名人ですからね。こんな形で陸上を辞めるのはもったいないですし」

しばらく黙っていた会長は、正面を向いたまま話し始める。

「——中学時代、私が陸上をやっていたのは聞いてるだろう」

「あ、はい。馬剃《ばそり》さんから」

「中2の時、市の大会で1年の焼塩君と走ったことがある」

「えーと、それで……」

「勝敗ならいうまでもない。相手にすらならなかった」

会長は苦笑いをしながら足を組む。

「その大会で彼女は5つほどの競技に出ていたはずだ。そのすべてで、表彰台の一番上に立っていた」

……全部で表彰台。綾野《あやの》から聞いた話を思いだす。

会長は記憶を探るように話を続ける。

「特に1500mではちょっとした騒ぎになった覚えがある」

「騒ぎですか？」

「タイムが当時の県レコードを上回っていたんだ。全国でも入賞を狙えるほどの数字で、それを実績もない1年生が出したのだからな。結局、計測ミスということで参考記録になった」

中学の焼塩《やきしお》、そこまでだったのか。

「でも焼塩、全国には出たことないって言ってました。なにかあったんですか？」

「……県大会で、彼女は100m以外の出場を辞退した」

会長は立ち上がると、壁際のマシンに歩み寄る。

「そして彼女は100mで入賞はしたが表彰台には届かず、それで終わりだ。それ以降も全国に進んだとは聞いていない」

マシンの重りを調整しながら、俺を手招きする。

「彼女のことは鮮明に記憶に残っている。ケガでもしたのかと心配していたが、そういうわけではなさそうだな」

「ええまあ、あいつはヒマさえあれば走ってますし」

「その彼女が選んだのが同じ陸上部ではない文芸部の君だ。今回の件に、興味がないと言ったらウソになる」

俺も手伝ってマシンの負荷を調整すると、流れのままにマシンにすえ付けられる。

「さて、次はレッグカールだ」

レッグカールとはうつぶせの状態から膝から先を上げる筋トレで、太ももの裏にやたらと効く。要するにキツイので、できればやりたくない。

「それって、こないだやった時えらくキツかったんですが」

「ああ、キツくて気持ちが乗ってくるだろう」

俺にそんな趣味はない。ないが、キリッとした美人の先輩にキツイ筋トレを強要される――そのシチュエーションを解せぬほどの朴念仁《ぼくねんじん》ではない。

大腿二頭筋を酷使《こくし》しながら、会長から聞いた話を頭の中で整理する。

女子陸上部の倉田《くらた》部長。綾野光希《みつき》。そして――放虎原《ほうこばる》会長。

3人から聞いた話は繋《つな》がっていて、焼塩が抱えた悩みは多分そこにある。

だけどそれに向かい合えるのは本人だけで……。

「――よし、10回だ。まだいけそうか？」

いつの間にかノルマを達成していたらしい。力を使い果たした俺は、グッタリとマシンに身体《からだ》を預ける。

「いえ、もう足がつりそうです」

「では休憩してからもう1セットだ。休憩の間に腹筋でも追いこむとしよう」

休憩とは一体。俺はうめきながら身体を起こす。

と、俺の足首を会長が両手でさすってくる。

「まだ今日は聞いていなかったな。足首の痛みはどうだ？」

「えっと……」

そういえば足首の違和感が消えている。初日を10とすると――。

「0、ですね」

俺の答えに会長は満足げな笑みを浮かべる。

「よし。明日の朝7時、グラウンドに集合だ」

◇

待ち合わせの翌朝午前7時、ツワブキ高校のグラウンド。

そこにはベンチコートに身を包んだ会長だけではなく、天愛星《ていあら》さんと生徒会会計の桜井《さくらい》君の姿があった。そして――。

「お兄様ーっ！　視線くださーいっ！」

どこから聞きつけたのか佳樹《かじゅ》までいる。

両手にうちわを持ち、歓声をあげながら飛びはねるのはともかく、うちわに書かれた『視線ちょうだい』、『キュンです（はあと）』の文字はなんなんだ。

「温水《ぬくみず》さん、もう少し横にずれてください。やはり絵的に、会長との並びは温水さんが左の方が自然だと思うんです」

そして撮影係の天愛星さんは、棍棒《こんぼう》みたいな望遠レンズ付きの一眼レフカメラを俺たちに向けている。どこから持ってきた。

「……そのレンズ本当に必要？　毛穴まで撮れそうだし」

「いえ、会長はお美しいので毛穴とかありません」

天愛星さんは真顔で断言するが、逆らうと怖いので反論しない。

計測係の桜井君と話していた会長が俺を手招きする。

「温水君、身体が温まったのなら早速始めよう。好きなタイミングでスタートしたまえ」

「あ、はい」

足の痛みはないし、2週間前とくらべたら身体《からだ》も軽い。

とはいえ筋トレ中心のトレーニングで、タイムはどこまで伸びるのか……。

俺はスタート地点まで歩くと、100m先の生徒会一行+1名を振り返る。

うちわを振り回す佳樹《かじゅ》と、でかいレンズを構えた天愛星《てぃあら》さんがやたらと目立つ。

……確か好きなタイミングでスタートしていいって言ってたな。

俺はゆっくりと深呼吸をすると、クラウチングスタートの体勢から走りだす。

視線を感じながら一気にゴールラインを走り抜けると、俺はヒザに手をついて息をつく。

「な、何秒だった……?」

息も切れ切れにたずねると、桜井《さくらい》君が笑顔でストップウォッチを見せてくる。

「――15秒2」

……! 自己ベストの16秒5から大幅な躍進《やくしん》だ。ストップウォッチをよく見ようとすると、

「お兄様、素敵でした!」

勢いよく佳樹が飛びついてきた。

「佳樹が汗をお拭きします! ノドは乾いていませんか? 佳樹が全身をマッサージしますので、おうちに帰ってお風呂に入って添い寝して子守唄《こもりうた》を――」

「佳樹、落ち着いて深呼吸をしような。はい、すーすーはー」

「はい、すーすーはー」

深呼吸を繰り返して落ち着いたのを確認すると、俺は満足げに腕組みをしている会長に向き直る。

「えっと……なんで、ろくに走ってもないのに記録が伸びたんですか？」

「言うまでもない。半月前の計測では、君は途中で体力切れを起こしていた。終盤は歩いているも同然だったからな」

え、そうなんだ。脳内ではわりとカッコよく走ってたのに。

「君は今日初めて、、、１００ｍを走りきった。いわば生まれたての子鹿みたいなものだ。これから嫌でも速くなる」

速くなる――力強い会長の言葉に俺の気も引きしまる。

１００ｍを走りきれない男から、生まれたての子鹿に進化をとげた俺に死角はない。

「じゃあさっそく、もう一本計りますか？」

「いや、タイムを計るのはこれで最後だ」

……へ？　思わず固まる俺の肩に、会長は安心させるように手を置いた。

「あくまでも勝負当日に最高の状態に仕上げるのが目的だ。途中経過の数字に一喜一憂すると、思わぬ不調の元になる」

「でも、どのくらい伸びたか分からなくて大丈夫ですか？」

「ああ、私に考えがある」

会長はおもむろにベンチコートのファスナーを下ろすと、一気に脱ぎ捨てた。

天愛星《てぃあら》さんの悲鳴にも似た歓声とシャッター音が響き渡る。

「会長、その格好は――」

そう、会長がコートの下にまとっていたのはセパレートの陸上のユニフォーム。

「次からは私も一緒に走る。君の目標タイムの14秒5で、だ」

会長の白いお腹《なか》には、腹筋が薄く浮きでている。一瞬見惚《みと》れた俺は、さりげなく目を逸《そ》らす。

「焼塩《やきしお》君はきっとベストを更新してくる。君が勝つには当然私を抜く必要がある」

「はあ、えっと……」

肌色の多さに気圧《けお》されて一歩後ずさると、会長は二歩間合いを詰めてくる。

そして俺の胸に指を突きつけると、言った。

「生まれたての子鹿がチーターから逃げきれるか否か――ここが正念場だぞ」

◇

――本格的なトレーニングが始まって5日が経《た》った。

午前中の練習を終えた俺は、豊橋《とよはし》駅から歩いて数分、ボン・千賀《せんが》というパン屋にいた。

この店はレトロな喫茶コーナーが有名で、親が子供の頃から変わらない雰囲気らしい。

俺はバタークリームのパンとクリームソーダを前に、今日の特訓を思い出していた。

初日は会長に大きく引き離されていたが、動画や写真を元にフォームに修正を重ねて、ついに背中に手が届くところまで追いついた。

午後からは自主練だ。筋トレメニューを消化してから、軽く走りに行くとするか……。

クリームソーダのアイスを口に運びながら午後の予定を考えていると、店に月之木《つきのき》先輩が入ってきた。

先輩の服装はシンプルなニットに薄手《うすで》のジャケット。

俺の向かいの椅子《いす》に座ると、細身のパンツに包まれた足を組む。

「急に呼びだしてゴメンね。用事があったんじゃない？」

「学校の帰りだから大丈夫ですよ。あれ、玉木《たまき》先輩も一緒って言ってませんでした？」

「あいつ転出届取り忘れてたって、慌てて市役所に行ってるの。じきに来るわ」

月之木先輩は優しそうな女性の店員さんにコーヒーとカステラを頼むと、ポケットから一枚のカードをとりだした。

「はい、これが私の次の住所。いつでも遊びに来てちょうだい」

「わざわざありがとうございます。メールでもよかったのに」

「文芸部のみんなにはさ、直接伝えたかったから」

月之木先輩は自分の言葉に照れたのか、ワザとらしく眼鏡をはずして拭きはじめる。

「部室に行こうかと思ったけど、卒業しちゃうと学校って意外と入りづらいのよね」

「そういうもんですかね」

「だって私服だと目立つしさ。かといって卒業したのに制服着るのはコスプレでしょ？　いくら私でも、コスプレして母校に行く勇気はないわ」

「うんまあ……卒業しても制服着て母校に行くことも、たまにはあるんじゃないですか？」

「コスプレして母校に行く事情って、あやしいビデオ撮る以外になにかある？」

同感だけど、桃園《ももぞの》中のアレは俺にも色々あったんです。

「文芸部の他の1年には連絡したんですか？」

「温水《ぬくみず》君で最後ね。焼塩《やきしお》ちゃんにもこないだ会ったよ」

拭き終えた眼鏡をかけなおすと、月之木先輩はからかうような視線を向けてくる。

「……気になる？」

「ええまあ、勝負を控えてますし」

焼塩との勝負は明後日《あさって》の土曜日だ。八奈見《やなみ》の話によると、焼塩の調子は絶好調らしい。

「前日は会長の家で合宿することになりました。よく分かんないですけど」

「放虎原《ほうこばる》の？　あの子の家って伊古部《いこべ》の方でしょ。なんでまたそんなとこまで」

「なんか俺の体調を見ながら、最終の調整をしたいって。生徒会の桜井《さくらい》君も一緒に泊まってくれるみたいです」

「勝負は土曜日だっけ。私と慎太郎《しんたろう》が豊橋《とよはし》を離れるのが、その翌日ね」

店員さんがコーヒーとカステラを運んできて、一瞬会話が止まる。

お礼を言って受け取る月之木《つきのき》先輩に、俺は頭を下げる。

「……すいません、なんかバタバタしてちゃんとお祝いもしてなくて」

「いいのよ、かえって安心したわ。私はもういなくなるから——」

言いながらコーヒーにミルクを入れると、音を立てずにスプーンでかき混ぜる。

「あなたたちの代が私の手の届かないところでがんばってるのを見ると、少しばかりホッとするの」

ふと、さみしそうな笑みを浮かべる月之木先輩。

「温水《ぬくみず》君、最初は幽霊部員だったもんね。それが部長まで引き受けてくれて。小鞠《こまり》ちゃんの支えになってくれて——いまは焼塩《やきしお》ちゃんの支えにもなってあげてるのかな?」

「どうですかね。たまたま陸上部とは関係のない俺だから、ちょうど良かったのかも」

溶けかかったクリームソーダを攻略していると、月之木先輩がニヤリと悪い表情をする。

「それだけかな。ひょっとして、ワンチャンあるかもよ?」

「まさか、相手は焼塩ですよ?」

「いやいや、意外な組み合わせってあるものよ。だってその気がなければ、最初っからデートなんて誘わないでしょ? 本人も気付いてないってパターンもあるからね」

まったく、この人は相変わらずだな。俺は苦笑しながらストローを口につける。

スクールカースト上位の焼塩が俺に恋愛感情とか、現実感がなさすぎる。

玉木《たまき》先輩も俺にモテ期がどうとか言ってたが、あの人も恋愛に関してはアテにならないし。

……ん、待てよ。腐っているとはいえ、月之木先輩は焼塩と同性だ。

女性目線では俺や玉木先輩と違う世界が見えているのかもしれない。

「本気で言ってます？　焼塩が俺に、つまり、その──」

「あーっと……」

しばらく考えこんでいた月之木先輩は両手を合わせると、真顔で頭を下げる。

「いやゴメン、適当に言った。焼塩ちゃんって、ちょっと分かんないとこあるから」

「……あ、はい」

だよな。俺は黙ってクリームソーダに専念することにする。

──今週末、先輩たちは豊橋を離れて、新たな生活を始める。

名古屋は同じ県内とはいえ、気軽に会いに行ける距離ではない。

さみしく思うのは確かだ。だけどそれと同じくらい、別れの先、これからのことが自分の中で大きくなっていることに気付いている。

焼塩の選択──これからの文芸部──そして2年生の自分──。

なんで俺はここまでして焼塩との勝負に挑んでいるのだろうかとか、どうして柄《がら》にもないクリームソーダを頼んだのだろうとか――。

いろんな考えが頭の中でグルグルと回り、俺はどことなく落ち着かないまま、ソーダの細かい泡を見つめ続けた。

◇

勝負を翌日に控えた金曜日の昼下がり。俺は縁もゆかりもない中学校のグラウンドにいた。

放虎原《ほうこばる》会長の母校、市立ササユリ中の周りは一面のキャベツ畑だ。

風に混じる潮の香りが、いつもと違う環境にいることを否応《いやおう》なしに知らせてくる。

……最近、中学校に縁があるな。

この学校の先生だろう。ジャージ姿の若い女性と会長が談笑している。

その光景を眺めながらラジオ体操第2をしていると、桜井《さくらい》君が隣に並んでくる。

「今日はわざわざ遠くまでごめんね。ひば姉《ねえ》は言いだすと聞かないから」

「大丈夫、文芸部で慣れてるから」

苦笑いを交わしていると、ベンチコートを脱ぎながら会長がこちらに歩いてくる。

「さあ、私の悪口はそこまでだ。今日は疲れを残さない程度に動きを確認しよう」

「ええと、それなら一つ試したいことがあるんですけど」

「ほう、聞かせてくれたまえ」

俺の話を黙って聞き終えた会長は大きく頷《うなず》いた。

「では、ためしに一度やってみるか。よし、弘人《ひろと》はゴール付近の動画を撮ってくれ」

「了解。じゃあ温水《ぬくみず》君、がんばってね」

桜井君はそう言うとゴール地点に向かって走っていく。

彼、いいやつだな。俺の周りで唯一まともな人かもしれない。

……いやホント、俺の周りにはどうして変わり者しかいないんだ。

比較的まともな玉木《たまき》先輩が卒業したので、本格的にアレな人しか残っていない気がするぞ。

「どうしたんだ、私の顔をジッと見て」

「あ、いえ。さっそく走りましょう」

……うん、会長は『まとも側』といってもよいだろう。周りに比べれば。

◇

２時間ほどの軽い調整を終え、俺たちは会長の自宅に向かった。

意外と疲れを感じないことに驚きを覚える。

会長の家は大きな平屋建ての古い和風建築で、広々とした庭には倉庫がいくつか建っていた。

物珍しさで辺りを見回しながら、会長の後に続いて庭を横切る。

「会長の家ってなにをしているんですか？」

「小さな畑をいくつかしながら、組合の仕事もしている。両親は仕事に出ているから、お構いもできなくてもうしわけないが」

会長がガラリと玄関の扉を開くと、広い玄関にはいくつかの靴が並んでいた。

両親との３人暮らしと聞いていたが、若い女性が他にもいるのだろうか。

靴の並びを見ながら考えていると、

「会長、おかえりなさい！」

奥からスリッパをパタパタさせながら、エプロン姿の天愛星《ていあら》さんが出てきた。

「え、なんでいるんだ」

思わず口から本音がもれる。怒られるかと思いきや、天愛星さんはフフンと胸を張る。

「副会長として会長を支えるのは当然です。さあ、みなさん上がってくださいな」

「遠慮せず上がりたまえ。弘人《ひろと》、温水《ぬくみず》君を案内してくれないか」

「うん。温水君、こっちだよ」

桜井《さくらい》君に案内されたのは１０畳ほどの和室。

窓際は縁側《えんがわ》に繋《つな》がっていて、古びているが清潔で落ち着いた雰囲気だ。

「こんな広い部屋、使っちゃっていいの？」

「じいちゃんたちが、街中に引っ越したからね。部屋だけは余ってるんだ」

「そういえば会長と従姉弟《いとこ》同士だっけ」

桜井君は頷《うなず》きながら、荷物を置く。

「とはいえ、他の部屋は荷物がいっぱいだから、こんなに片付いているのはここだけだよ」

そうか、桜井君もこの部屋に泊まるのか。俺、他人と一緒だと眠れないんだけどな……。

まあ、わがままばかりも言ってられない。俺も荷物を置くと縁側に出る。

窓から見えるのは柿の木が生えた庭と生垣《いけがき》だ。

老後は縁側で日向《ひなた》ぼっこしてお茶飲むのってあこがれるよな……。

そんなことを夢想しながら足を踏みだすと、グニャリ――と生肉のような柔らかい感触が足裏に広がった。

「志喜屋《しきや》さんっ?!」

そう、俺が踏みつけたのは生肉――ではなく、志喜屋さん。

縁側に寝そべっていた志喜屋さんは目をこすりながら身体《からだ》を起こす。

「ごめんなさい！　こんなとこにいるとは思わなくて」

「大丈夫……縁側……暖かい……」

ゆらりと立ち上がった志喜屋さんは不思議そうに俺を見る。

「温水君……？　どうしてここに……いるの？」

「明日勝負の日なので、調整のために合宿をしてるんです。むしろ先輩と馬剃《ばそり》さんはここで何やってるんですか？」

「合宿……楽しそう……だから？」

うん、あいかわらず会話がズレてる。どう反応すべきか迷っていると、

「ひば姉《ねえ》、たくさん人が集まるのが好きだからね。お盆とか、かなりテンション高いし」

見かねた桜井《さくらい》君が助け舟をだしてくる。

つまり、人が集まるのが好きな会長が生徒会に集合をかけたということか。

ゆらゆらと揺れていた志喜屋《しきや》さんが、ジャージの裾《すそ》を指先でつまんでくる。

「一緒……ご飯……作る……」

へ、ご飯？　あ、そういえば。

「さっき馬剃さんがエプロンつけてたから、彼女が作ってるんじゃないですか？」

「あの子のご飯……地味に……美味《おい》しくない……」

そうなのか。そんな気がする。

「でも会長も一緒ですよね。あの人、料理は――」

ガシャン！　建物の奥からなにかが落ちる音が響いてくる。

少し遅れて天愛星《ていあら》さんの悲鳴。桜井君が音もなく部屋を出ていく。

……そういえば会長って、日常生活はポンコツだっけ。

明日に備えた調整と休養のために合宿してるんじゃなかったかな……違うのかな……。

俺は溜息《ためいき》をこらえると、志喜屋さんにジャージをつまれたまま、桜井君の後を追った。

◇

早くも夕方6時すぎには食事が終わり、俺は食器を洗っていた。

隣では天愛星さんが、洗った食器を拭いている。

いつになく静かな天愛星さんが、おずおずと口を開く。

「……温水《ぬくみず》さんって、料理をするんですね」

「するってほどじゃないけど、両親が共働きだから少しだけだよ」

最初は鍋を作る予定だったらしいが、会長がまとめてひっくり返したので、一から作り直す羽目になった。

ありがたいことに大量のキャベツがあったので浅漬けを仕込みつつ、冷凍庫のひき肉を使って巻かないロールキャベツを作ったのだ。

「あれで少し、ですか？　メインの合間にニンジンの皮できんぴらを作ってましたよね」

「火が通るまで時間があったからね」

佳樹《かじゅ》なら同じ時間でメインをもう二つは作りつつ、食後のデザートも用意したはずだ。俺もまだまだ修行が足りない。

「馬剃《ばそり》さんの作った味噌汁《みそしる》も――その、美味《おい》しかったよ」

「……いつもはもう少し美味しく作れるんですよ」

「ええと、ダシを取り忘れた他はよかったんじゃないかな」

「…………いつもはちゃんと作れますから」

うん、これ以上は傷口をえぐるばかりだ。

黙って洗った皿を差しだすと、天愛星《ていあら》さんがそれを受けとる。

食器を洗い終えて流しを拭きあげた頃、台所に会長が入ってきた。

「さて、うちの親が戻ってくるまでに風呂をすませよう。客人の君が一番に入ってくれ」

「俺が一番でいいんですか？」

「今日は君が一番の客人だ。悪いが人数が多いので、弘人《ひろと》と一緒に入ってくれるか」


「えっ?!」


なぜか驚きの声をあげたのは天愛星さんだ。

わなわなと震えながら、会長ににじり寄る。

「そっ、それはあまりに公序良俗に反してはいませんかっ!?」

「なぜだ？」

シンプルな問いかけに、天愛星《ていあら》さんの顔が真っ赤に染まる。

「だだ、だって、いいんですか?!　二人をその、生まれたままの姿で！　密室に！」

「おかしなことを言う。風呂だから当然だろう」

完全論破だ。なんか見てられないので口を挟む。

「ええと、俺は構わないけど……」

「温水《ぬくみず》さんっ?!　いや、でも――」

目を丸くして震えていた天愛星さんは、意を決したように頷《うなず》いた。


「で、では私も一緒に！」


……なに言ってんだこの人。

さすがの俺も呆《あき》れていると、この騒ぎを聞きつけたのだろう。いつの間にかここにいた桜《さくら》井《い》君が天愛星さんの肩に手を置く。

「馬剃《ばそり》ちゃん落ち着いて。君は僕たちと一緒に入れないからね？」

「でっ、でも私も見たい――じゃなかった。見てないと大変なことになりませんかっ?!」

もうこの人、縛って納戸にでも入れといたほうがいいんじゃなかろうか。

忍耐力の化身こと桜井君は、表情一つ変えずに言葉を続ける。

「大丈夫だから馬剃ちゃんはひば姉《ねえ》と入ってよ。ひば姉もそれでいい？」

「ひっ?!　か、会長と――お風呂っ?!」

さらに目を丸くする天愛星さんの肩に、会長が腕を回す。

「なんだ私と一緒に入りたかったのか。よし馬剃君、一緒に入ろう」

「なっ！　な……」

再び震えだす天愛星さんを横目に、桜井君が小声で囁《ささや》く。

「さ、いまのうちだよ。早く行こう」

「え、ああ」

天愛星さんって、こうやって扱うのか。桜井君さすがだな。

俺は感心しながらその場を逃げだした。

◇

天井から落ちてきた水滴が肩にポツンとあたり、俺は思わず身を震わせた。

放虎原《ほうこばる》家の風呂は昔ながらのタイル貼り。湯船は二人で足を伸ばせるほどの大きさだ。

俺は先に身体《からだ》を洗い、桜井君と交代で湯船に入った。

……無駄に疲れた。俺は肩までお湯につかる。

身体《からだ》を洗う桜井《さくらい》君の後ろ姿をなんとはなしに眺めるが、この人やたらと華奢《きゃしゃ》だな。

俺も細い細いと（主に八奈見《やなみ》に）言われるが、桜井君の場合は骨格がなんかこう、ちょっと普通の男子と違うよな。まさかペタンコ系女子の可能性はないだろうな……。

これまで読んだラノベを頭の中で思い返していると、桜井君が肩越しに振り返る。

「温水《ぬくみず》君って文芸部の部長でしょ。いつも大変そうだよね」

「そうかな。生徒会の人たちを面倒見る方が大変だと思うけど」

心からの言葉に、鏡の中の桜井君が苦笑いをする。

「みんないい人なんだけどね。少しだけフォローが必要というか」

そのフォロー、少しだけで済むのかな……。特に会長に関してはフォローの域を超えていないだろうか。

聞けば二人は同じ中学だったらしいし、桜井君がツワブキに入学するまでの1年間、あの人はどうやって暮らしてたんだろ。

「会長って中学まで陸上やってたんだよね。どうして辞めたか聞いても大丈夫？」

「うん、ケガとかしたわけじゃないから。ただ3年間陸上をやりきって、高校では生徒会をやると決めた。それだけのことだよ」

桜井君は洗面器のお湯を身体にかける。

「もちろん、本人の中では色々あっただろうけど。どこかで区切りはつけなくちゃいけなくて、ひば姉《ねえ》にとってはそれが高校進学だったんだ」

泡を全部流すと、桜井君も俺と並んで広い湯船につかる。

「ひば姉のこと、気になるの？」

「気になるというか――なんでここまでしてくれるのかって、それが分からなくて。焼塩《やきしお》のこと意識してるのは知ってるけど」

「焼塩さんの話なら昔よく、ひば姉から聞かされたよ」

桜井君は両手の指を組んで伸びをする。

「いま考えれば、ひば姉の区切りの一つが焼塩さんだったのかもしれないな。もちろんそれは彼女のせいじゃないさ」

区切り――か。

部活は本人にとって大きなものだが、どこかのタイミングで引退をしなくちゃいけない。多くは卒業がきっかけだろうが、その先がある人だっている。

焼塩が選手としてどこまでなのかは知らない。だけど周りの口ぶりからすると、その先がある一人ではなかろうか……。

物思いにふける俺の隣で、桜井君が額に張りついた前髪をかき上げる。

「温水君には感謝してるんだよ。最近、ひば姉がなんだか楽しそうで、部活に打ちこんでいた頃を思いだしてさ」

「そう言われると、少し気が楽になるな。今日だって、みんなで泊まって迷惑かなって不安になってたし」

桜井《さくらい》君が柔らかな笑みを浮かべる。

「ああ見えてはしゃいでるんだよ。ひば姉《ねえ》、いつもは料理なんて作らないし」

そうか、毎日のようにひっくり返る鍋はなかったんだ。俺は胸をなでおろす。

「話を聞いてると、桜井君って会長のことずいぶん気にしてるんだな」

「従姉弟《いとこ》だし腐れ縁だからね。それを言うなら、温水《ぬくみず》君こそ文芸部のことを気にかけてるじゃない。僕なら部員のためにここまでできないよ」

「生徒会の仕事しながら3人の面倒を見る方が俺には無理だって」

俺の軽口に、桜井君が面白がるような表情をする。

「じゃ、一度交替してみる？」

「へ？　つまり俺が生徒会の仕事して、桜井君は――」

「文芸部の部長をするんだ。ええと、他の1年生は3人だよね」

……ふむ、俺が生徒会役員か。

ええと、天愛星《ていあら》さんの暴走と志喜屋《しきや》さんの奇行をとめつつ、会長のお世話をして――。

しばらく想像していた俺たちは、顔を見合わせると声をそろえて、言った。

「「やめとこう」」

◇

本番を明日に控えた作戦会議が始まった。

会場の和室の１０畳間は緊張感と――湯あがりの香りで満ちていた。

パジャマ姿の放虎原《ほうこばる》会長は髪を後ろで結わえていて、軽く上気した頰《ほお》が桜色に染まっている。

改めて見ると、やっぱこの人って美人だな……。

ジロジロ見るのはよくないので視線を落とすと、天愛星さんが畳に仰向けに寝転がっている。

「……ええと、天愛星さんはどうしたんですか」

「ああ、風呂でのぼせてしまったようだ。大丈夫か天愛星君」

「し、下の名前で呼ばないでください……」

弱々しく答える天愛星さん。

鼻に詰めたティッシュからすると、漢方も会長との入浴には勝てなかったようだ。

天愛星さんと桜井君もパジャマ姿だし、まるでパジャマパーティーだ。俺もジャージじゃなくてパジャマにすればよかったな……。

軽く後悔していると、フスマがいつの間にか少しだけ開いている。

目を向けると、隙間《すきま》に白い瞳がゆらりと灯る。

「お風呂……私も一緒……入りたかった……」

音もなく開いたフスマから、寝間着姿の志喜屋《しきや》さんが入ってくる。

身にまとっているのは胸元が大きく開いたレースの寝間着――いや、ひょっとして下着?!

ネグリジェに似てるがちょっと違う。こないだゲームのガチャで学んだ知識によれば、あれはベビードールと呼ばれる下着で――。

「先輩、なんて格好してるんですかっ!」

勢いよく飛び起きた天愛星《ていあら》さんが、志喜屋さんの胸元を隠そうと手を伸ばす。

が、相手が悪い。志喜屋さんは絶妙なタイミングで受け流すと、そのまま天愛星さんをギュッと抱きしめる。

「天愛星ちゃん……大胆……」

「ちょちょっ、顔に当たってます! 当たってますってば!」

……えっと、これはさすがに見ちゃいけない光景だよな。無課金だし。

俺と桜井《さくらい》君が目を逸《そ》らしていると、会長がプロジェクターを取りだした。

「さて、今日までの振り返りをしようか。弘人《ひろと》、明かりを消してくれないか」

え、この状況で始めるのか。でも会長がいいと言うならいいのかな……まあいいか。

桜井君が灯りを消すと、白いフスマに俺が走る動画が投影される。

「これが君の昨日の走りだ。スタートをスタンディングに変えたことによりスムーズに加速できているし、最初にくらべれば上体の安定性も増している。ただ――」

会長はスマホを操作して動画をスローに切り替える。

ゴール前、フラつきながら走る俺の姿はお世辞にもカッコいいとはいいがたい。

「やはり終盤が課題だ。ラストスパートを意識しすぎてフォームを崩している。持久力も足りていない」

「ええ、なので今日俺が試したのは――」

「息を止めてラストスパートをする、だな。確かにスパートの安定が増したし、タイムも多少伸びていた」

「はい、だから本番でも終盤は息を止めてみようかと」

テンション上げ気味の俺とは逆に、会長は難しい顔で考えこんでいる。

「私もスタート時に息を止めることはあったが、あくまでも指導の上で身体《からだ》と対話しながらやっていた。身体の使い方を知らないうちに、付け焼刃でやるのはケガのもとになる」

「えーと……じゃあ、本番じゃやらない方がいいですね」

よし、あきらめよう。俺はこう見えて権威に弱い。

「いや、今日走った５本のうち息を止めた２本は私に並んでいた。当日は一本勝負だ。やってみるがいい」

「え、いいんですか？」

放虎原《ほうこばる》会長は大きく頷《うなず》く。

「ただし息をとめるのはラスト5ｍ。ねんざしようと心停止しようと走りきれ」

ねんざからの落差がデカい。

それからしばらく、動画を見ながらイメージトレーニングを繰り返す。

桜井《さくらい》君の出してくれたお茶を飲みながら横目でチラ見すると、天愛星《てぃあら》さんも観念したらしい。

志喜屋《しきや》さんの胸に抱かれてグッタリとしている。

「できることはすべてやった。明日は思いきりやればいい」

放虎原会長はくだけた笑みを浮かべながらお茶をすする。

俺もお茶を飲みながら、気まずく笑い返す。

「でも最後まで会長を抜けなかったですね。目標タイムを上回れなかったのは残念です」

「なんだ、気付いてなかったのか。君に追い抜かれそうになったら、ペースを上げていたんだぞ」

なにそれ、全然気付かなかった。

「ちょっと待ってください。じゃあ俺は」

「ああ、すでに目標タイムは超えている。後は焼塩《やきしお》君がどこまで仕上げてくるかだ」

会長はお茶を一気に飲み干す。

「よし、明日は早いぞ。そろそろ寝て明日に備えるとしよう。押入れの布団を使うがいい」

「はい。じゃあ布団を――」

壁の時計に目をやると、時刻は8時すぎ。……早いな。

そう思ったが決して反論はしない。そう、俺は権威に弱いのだ。

◇

闇に浮かぶ見慣れぬ天井。

8時すぎに寝床に入ったにもかかわらず、俺はすぐに眠りに落ちた。

……その代わりに夜中の2時すぎに目を覚ました。

隣の布団では桜井君が静かに寝息を立てている。俺たちが同じ部屋で寝るのにも、（天愛星さんがらみで）ひと悶着《もんちゃく》あったのだが、面倒なので忘れたい。

障子の向こう側から、ジィーと低い虫の声が聞こえてくる。

ふわふわと眠気に身を任せていたが、疲れで熟睡《じゅくすい》した分すっかり目が覚めてしまった。

明日の勝負を思うと、どことなく落ち着かない。

俺は眠ることをあきらめると、スマホの灯りを頼りにトイレに向かう。

その帰りに広い玄関を横切っていると、夕食時の会長の言葉を思い出す。

「――我が家では家の鍵をかけない。決してだ」

そして謎のドヤ顔と桜井《さくらい》君の苦笑い。

なに言ってんだか分からんかったが、つまり玄関にカギはかかってないんだよな……？

俺は少し考えてから靴を履くと、ゆっくりと玄関の扉を開けた。

◇

深夜の散歩。しかも初めておとずれる土地ともなれば、テンションが上がるのも仕方ない。

その結果、俺は砂浜に立っていた。

豊橋《とよはし》市の南端は太平洋に面していて、隣県の浜松から渥美《あつみ》半島の先まで続く、やたら長い砂浜の一部となっている。ここは放虎原《ほうこばる》邸から徒歩15分、表浜海岸《おもてはまかいがん》と呼ばれる一帯だ。

去年の夏、焼塩《やきしお》に手を引かれて走った砂浜を思いだしながら人気《ひとけ》のない砂浜を歩いていると、水平線まで星で埋めつくされた夜空に圧倒される。

海岸に降りる道は急な下り坂で、途中で引き返そうかと5回は思ったが、あきらめなくて良かったな……。

俺は砂浜の奥にある白いオブジェに歩み寄る。

それは３ｍ以上ある白い壁状の構造物で、六つ切りのオシャレ食パンを地面に立てたような形をしている。特徴的なのは壁にマンガの吹きだしのような雲形の穴が開いていて、そこから向こう側をのぞけるのだ。

近付くとオブジェは意外と大きくて、雲形の穴は頭より少し高い位置に開いているので、自然と見上げる視線になる。

雲形に切り取られた夜空には星が溶けるように揺れていた。

……この空を一人で眺めるのは少しばかりもったいないな。

柄にもない考えが頭をよぎるが、こんな夜はさみしいくらいでちょうどいい――。

静かな孤独に身を任せていると、

――ペタリ。


オブジェの向こう側から、穴のフチに白い手が伸びてきた。

「っ⁉」

ペタリ。さらにもう1本の白い手がフチをつかむ。

俺が恐怖に固まってると、力尽きたかのように2本の手が反対側にズルズルと戻っていく。

「高い……無理……」

この力無い声は間違いない。俺がオブジェの向こう側に回りこむと、そこには一人の女性が壁を背にヒザを抱えて座っている。

ウェーブした長い髪。夜闇に浮かぶ白い肌——志喜屋《しきや》さんだ。

「ちょっ、どうしてここにいるんですか？」

「乗り越えるの……無理だった……」

この人にそれは無理だろ。いやそんなことより、なぜこんな時間にここにいるんだ。

不思議に思っていると、志喜屋さんが隣の地面をサスサスと叩《たた》く。

「立ってないで……座って……？」

「え？　あ、はい」

１ｍほど離れて座ると、志喜屋さんはもう一度地面をサスサス叩く。

俺は少し迷ってから、志喜屋さんの隣に座り直す。

「ええと、どうしてここにいるんですか？」

「君がどこに……行くのかな……って」

つまり——俺を追いかけてきたということか。

「すいません、ひょっとして起こしちゃいました？」

「大丈夫……私……夜は強い……」

めずらしく説得力があることを言うと、志喜屋さんはゆっくり星空を見上げる。

相変わらずの無表情の中、唇が驚くように少し開く。

「すごいね……これを見にきたの……？」

「ちょっと目が覚めたので、あてもなく散歩してたんですけど――」

俺も志喜屋さんの視線を追うように夜空を見つめる。

「なんかちょっと得した気分です」

「うん……私も……」

そのまま会話をするでもなく座り続ける。

星座とか少しも分からないけど、いつもと違う星空に囲まれて。

日常を抜けだして、どこか知らない街で旅をする。そんなことを想像してみる。

ふと志喜屋さんの横顔に視線を送る。長い睫毛《まつげ》は潮風に揺れていて、それに囲まれた瞳は、普段と違う印象を与えてくる。その原因を探っていると、ようやく気付いた。

――いつもの白いカラコンを付けていない。

暗くてよく見えないが、色素の薄い瞳には、星と揺らめく波間《なみま》の光がゆらゆらと揺れている。

じっと見つめているのがバレたのだろう。いつの間にか志喜屋さんの瞳には俺が映っている。

「どうしたの……？」

「え、いや、今日はコンタクトしてないんだなーって」

「寝るところ……だったから……」

志喜屋《しきや》さんは前髪で瞳を隠す。

「見られると……はずかしい……」

「あ、すいません！」

やらかした。スッピン女子を凝視するとか、完全にセクハラだ。

うつむいて反省していると、耳元でささやくような声がする。

「温水《ぬくみず》君……質問……いい……？」

「あ、はい！　なんでもどうぞ！」

「なんでこんなに……頑張るの……？」

……へ？　俺のやらかしに関する査問《さもん》ではなさそうだ。ええと――。

「頑張るって、焼塩《やきしお》との勝負のことですか？」

カクリ、と頷《うなず》く志喜屋さん。

「焼塩さんのこと……好き……なの？」

「へっ?!　いや、そうではないですけど」

俺は咳払《せきばら》い一つ、誤解を解くべく説明を始める。

「ええとですね、異性間だとそのように誤解されがちですが、焼塩と俺は純粋に友人でそれ以上ではありません。彼女が部活の継続について悩んでいたことから、勝負という形で彼女の意思決定を後押しするのが目的なので、あわよくば焼塩と付き合いたいとかこれを機会に距離を詰めようとしているのではなく――」

いったん、息継ぎをする。

「俺は焼塩の友人で、文芸部の部長ですから」

決め顔の俺を、志喜屋さんはどことなく不思議そうに、ジッと見つめてくる。

「君は誰にでも……優しいんだね」

優しい？　えーと、ほめてくれてるのかな……？

「えー、いやそれほどでも」

「私の時も……頑張ってくれた……から……」

志喜屋さんは言いかけて、そのまま黙りこむ。

「？　先輩、どうしました」

「私……帰るね……」

志喜屋さんは揺れるようにして立ちあがる。

「あ、じゃあ俺も一緒に」

「大丈夫……一人で帰れる……」

そう言ってフラフラと歩きだす。あれ、俺なんか変なこと言ったかな。

慌てて追いかけると、志喜屋さんは海岸に繋《つな》がる道路をぼんやりと見上げていた。

そう、ここに来るまでの道はひどく急な下り坂だった。ということはつまり――帰りには急勾配《きゅうこうばい》の上り坂になっているのである。

「…………」

「ええと、上がれそうですか?」

しばらく黙っていた志喜屋《しきや》さんは不意に振り向くと、

「……だっこ」

両手を伸ばしてきた。

「はいっ?! えっと、だっこはマズいというか、俺がだっこできるのは腕力的に妹が限界というか――」

しどろもどろに言い訳する俺に向かって、志喜屋さんは「ン」と呟《つぶや》きながら、もう一度手を伸ばしてくる。

「ええと……おんぶではどうですか?」

俺の精一杯の譲歩に志喜屋さんはしばらく首をかしげて考えていたが、最後には納得してくれたのだろう。実に不満そうなオーラを放ちながら、カクリと頷《うなず》いた。

◇

……期せずして発生した筋トレイベントにより、朝まで熟睡できたことは言うまでもない。

――３月27日土曜日、ＡＭ８：００。ツワブキ高校グラウンド。

約20日間の時を経て、ついに決着の時が来た。

俺と向かい合うのはチーム焼塩《やきしお》の３人だ。

なぜか真ん中に立つ八奈見《やなみ》が俺に挑戦的な視線を向けてくる。

「温水《ぬくみず》君は一人で来たんだね。会長さんは一緒じゃないの？」

「あくまで俺と焼塩の勝負だし、本番は俺一人だ。焼塩、今日は正々堂々――」

焼塩に話しかけようとすると、八奈見が間に割りこんでくる。

「ふうん、そのわりには会長さんとイチャイチャイチャイチャしてたよね？　あれかな、温水の『ぬ』は抜け駆けの『ぬ』だって証明されちゃったのかな？　文芸部の部長がそんなんじゃや、私たちも安心して２年生になれないっていうか――」

八奈見の言葉は止まらない。邪魔だなこいつ……。

心をえぐるセリフを浴びせようか迷っていると、小鞠《こまり》がグイグイと八奈見を引っ張る。

「や、八奈見、邪魔」

「え、ちょっと小鞠ちゃん。まだ温水君に物申さないと――」

「ほ、ほら、スタートの位置につけ。八奈見、スタート係だろ」

「ちょっとちょっと、分かったって小鞠ちゃん」

小鞠《こまり》が強引に八奈見《やなみ》を連れていく。小鞠、強くなったな。

感慨《かんがい》にひたりつつ、俺は改めて焼塩《やきしお》と正面から向かい合う。

格好は陸上部のユニフォーム姿。すでにウォーミングアップは終わったらしく、身体《からだ》から白い湯気が出ている。

「ぬっくん、今日は負けないよ」

「焼塩こそ、ハンデをつけすぎたって後悔するなよ」

すでにスタート地点に着いた八奈見が手を振っている。俺は焼塩とそちらに向かう。

「まさかぬっくんが、ここまで本気でくるとは思わなかったよ」

「当たり前だろ。俺は焼塩に文芸部を辞めさせるつもりはないからな」

「お、すごい自信じゃん」

並んで歩く焼塩が、俺に肩をぶつけてくる。

「あたしもさ、勢いで無茶言ったかなって反省してたんだよ。だけどここまできたら、手は抜かないからね」

もう一度俺にちょっかいをかけようとした焼塩が、ふと目を逸《そ》らしながらたずねてくる。

「……ぬっくん、昨日はどっかよそに泊まったの?」

「はっ!? え、いや、なんで?」

しどろもどろの俺に、焼塩がジト目を向けてくる。

「今朝、渥美線《あつみせん》の上りに乗ってたじゃん。いつもと逆方向から来てたよね」

会長の家から来たのを見られてたのか。

でも、なにも後ろめたいことはないぞ。確かに夜中に志喜屋《しきや》さんをおんぶしたけど、あれは介護みたいなものだし、背中の柔らかかった感触は別の話だ。

「たいした意味はないんだって。その……変なことはなかったから」

「……ふーん」

焼塩は今度は強めに肩をぶつけてくると、足を速める。

「あたしが勝ったら、そこんとこも聞かせてもらうよ」

急に敗北ペナルティが増えたんだが。

俺たちがスタート地点に来ると、八奈見がスマホの画面を見せてくる。

「スタートの合図はスマホのアプリを使用します。アプリが『オンユアマークス』って言ったら構えて――ん？　その次の『セット』ってなに？　いつスタートすればいいの……？」

ハテナマークを頭上に浮かべる八奈見を見かねたか、焼塩が口を挟む。

「八奈《やな》ちゃん、オンユアマークスが『位置について』で、セットが『よーい』、ピストルが『ドン』だよ」

「ということです」

なぜかドヤ顔の八奈見。

「1回目のピストルで温水君《ぬくみず》がスタート、2・5秒後に2回目が鳴ったら、檸檬《れもん》ちゃんがスタート。先にゴールした方が勝ちとなります」

八奈見《やなみ》が指差す先、ゴール地点では小鞠《こまり》がスマホを構えて待ち構えている。

「はい、準備は出来ましたね？　それでは二人ともスタートラインについてください」

焼塩《やきしお》の足元には短距離用の踏切板がある。それだけでも本気度が伝わってくる。

「よし、あたしはいつでも大丈夫」

手足をブラブラさせる焼塩に、八奈見がスマホの画面を見ながら話しかける。

「ねえ檸檬ちゃん、本当にズルしなくていい？　こっそり設定変えれば温水君は気付かないよ」

「八奈見さん、そういうの本人の前で言わない方がよくない？」

おっと、あぶない。これも盤外戦《ばんがいせん》の一種に違いない。おかしな言動で敵の集中力をすり減らし、少しでも勝負を有利にするのだ。八奈見の得意技である。

だから八奈見がたまにポケットからニボシを取りだして食ってるのも作戦なのだ。多分。

「ん？　温水君も食べる？」

……盤外戦だ。俺は首を横に振ると、軽く屈伸《くっしん》をする。

「こっちも大丈夫。いつでも走れ——」

——オンユアマークス

?!　八奈見のスマホからネイティブな女性の声が流れだす。なんだこのタイミング。

「あれ、なんか押しちゃった。二人とも準備して！」

俺と焼塩が慌てて身構えると、

――セット

矢継《やつ》ぎ早にネイティブな声が続く。

腰を落として大きく息を吸った瞬間、ピストルの音が響いた。

考えてる暇はない。なにも考えず地面を蹴《け》る。

不思議なほど余計な力が抜けて、スムーズに加速していくのが分かる。

これまでで最高の調子といっても過言ではない。

いける――そう思った瞬間、２回目のピストルが鳴った。

スタートした焼塩とは十数メートルの距離がある。気配を感じるはずもない。

背中のプレッシャーを押しのけながら、練習通りに身体《からだ》を前に押しだす。

５０ｍを過ぎた頃、今度は気のせいではない。背後から確かに圧を感じた。

……待って、速くない？　動物？

地面を蹴《け》る音が確実に近付いている。全身から汗が噴きだす。
——いまどれだけリードしてる？　このペースでゴールまでもつのか？
考えているうちに残り20mを切った。
足音はすぐそばに迫っている。焼塩《やきしお》の息遣いすら聞こえる。

——息を止めるのはラスト5m。

会長の声が頭をよぎる。
10mのラインが視界に入った瞬間——俺は息を止め、最後の力を足にこめる。
俺は歯を食いしばり、ひたすら足を前にだす。身体《からだ》の感覚がおぼつかない。
視界に焼塩の影がチラついた。次の瞬間、俺に並びかける。
ゴールラインは目前だが、あまりに遠い。
目の前が白く染まった瞬間——ゴールラインが視界を過ぎ去った。
ほぼ同時に焼塩が隣を走り抜け、一瞬遅れて風が俺の身体を叩《たた》いた——。
……
…………どっちが勝った？
足から力が抜けて、その場にへたりこむ。

ぼやける視界で見回すと、焼塩《やきしお》が肩で息をしながら小鞠《こまり》のスマホをのぞきこんでいる。

「うわー、ギリギリじゃん。小鞠ちゃん、スローでもう一回見せて」

焼塩は髪をクシャクシャとかき回すと、酸素缶を口に当てて深呼吸をしている。

「どっ……どっち……が……勝っ……」

俺は息が乱れて声が出ない。立ち上がろうとするが足に力が入らない。

焼塩は俺を見ると、ギョッとした顔をする。

「ぬっくん顔が白いよ?!　これ、酸素あげる！」

焼塩は無造作《むぞうさ》に酸素缶を俺に放った。

酸素缶は伸ばした俺の手をスルーして――額に直撃した。

そして俺の視界は白く染めあげられた。

◇

――薄暗い部屋。見覚えのある天井のシミ。

自分の状況を理解するまでにしばらくかかった。

ここはツワブキ高校の保健室だ。俺はベッドに寝かされていて、天井を見つめている。

焼塩との勝負の後から記憶がない。確か投擲《とうてき》された酸素缶が俺にとどめを――。

「ぬっくん、もう起きた？」

気遣うような声。反射的に体を起こそうとすると、

「痛っ?!」

俺は全身の痛みで思わず声を上げた。

と、ベッド脇の丸椅子《いす》に座っていた焼塩が、俺の背中に手を当ててくる。

「大丈夫？　頭は痛くない？」

「頭は大丈夫。オデコが痛いのと、全身が筋肉痛で――」

言いかけて、改めて焼塩に向き直る。

すでに制服に着替えていて、ホッとした笑顔で胸に手を当てる。

「良かったー。あたしの投げた酸素缶で死んじゃったら、凹むとこだったよ」

そうか、俺が死んで焼塩が凹まなくてよかった。

「ええと、それより勝負はどうなったんだ……？」

恐る恐るたずねると、焼塩は抗議するように口をとがらせる。

「大変だったんだからね。勝負に備えて小抜《こぬき》先生が来てくれてたからいいけど、みんなで保健室に運びこんでさ」

「え、小抜先生いるの？　どこ？」

おびえてキョロキョロしていると、焼塩が俺の額をペチンと叩《たた》く。痛い。

「落ち着きなって。先生、しばらく外《はず》してるってさ」

焼塩《やきしお》は長い足を組むと、叱《しか》るような視線を向けてくる。

「後で小鞠《こまり》ちゃんと八奈《やな》ちゃんにもお礼言っときなよ。小鞠ちゃんは焦《あせ》ってスマホ投げ捨てるし、八奈ちゃんも混乱してニボシをぬっくんに食べさせようとするから、とめるの大変だったんだから」

気を失ってる間に色々あったようだ。そして八奈見《やなみ》をとめてくれて感謝しかない。

「それで他の二人はどこいったんだ？」

「さあ、どっかいっちゃった。あたしたちを二人きりにしてくれたんじゃない？」

またそうやって俺をからかう。

抗議しようとした俺は、真剣な焼塩の瞳に気付く。

「……で、どっちが勝ったんだ」

１００ｍの最後、もつれるようにゴールラインを越えたのを覚えている。

焼塩はヤレヤレとばかりに頬杖《ほおづえ》をつく。

「ホントはさ。もっとグダグダな感じになって、あたしの不戦勝くらいに思ってたのに」

作り物の不機嫌な表情のまま、焼塩が呟《つぶや》く。

「――帰宅部、入りそこねたよ」

「ってことは、じゃあ」

焼塩は不機嫌の演技をあきらめて、いたずらっぽく笑う。

「ぬっくんには責任とってもらわないとなー」

これで焼塩は陸上部と文芸部を続けることになった。これまで以上に全力で。

俺が望んだことではあるが、焼塩が背負う結果は決して小さくない。

だから俺は、勝った後だからこそできる問いを投げかける。

「もし、俺が負けてたら……本気で部活を辞めるつもりだったのか？」

「本気だったよ」

焼塩はやけに軽く答えると、どこか遠くを見るような目をする。

「部活辞めてさ、ドラマやマンガみたいな女子高生しようって思ってたの。授業後は友達と遊んで、ファミレスで恋バナとかテスト勉強とかして――」

瞳を閉じて、独りごちるように呟く。

「……いますぐじゃなくてもさ、いつかは好きな人作って」

そのまま凪《なぎ》のような静けさが降りかかる。

――焼塩が別の選択をした世界では、タイムではなくテストの点数に一喜一憂して。友達と気になる男子の話に花を咲かせるのだろう。

そして勇気をだして伸ばした手を、俺の知らない誰かと繋《つな》ぐのだ。

ごく普通で特別な、ドラマみたいなそんな青春。

焼塩《やきしお》は静かに目を開ける。

「それにさ、部活辞めるんなら大学の推薦も受けられないから、塾とか通わないとだね。チハちゃんと光希《みつき》が通ってるとこ行こっかな」

……なんでそんな真似を。こいつ実はMっ気あるんじゃなかろうな。

「あの二人付き合ってるだろ。そこに焼塩が入ったら気まずくないか」

「そりゃそうだよ。だからぬっくんがいるんじゃん」

「え、俺も塾に行くの？」

焼塩は呆《あき》れたように肩をすくめる。

「あたしが勝ってたら、そうなってたに決まってんじゃん。同じ帰宅部なんだし」

「帰宅部ってそういうルールだったんだ……」

ゆるい名前なのに、帰宅部ってハードだな。

「あたしだけじゃ二人の間に挟まれないしさ。ぬっくんとセットならカッコつくでしょ？」

「あいつら、俺らがいたってお構いなしだぞ。すぐ自分たちの世界に入るし」

焼塩は白い歯を見せて笑う。

「そしたらメッチャ愚痴《ぐち》ってやるし」

「俺、それ聞かされるの？」

「あたしもぬっくんの愚痴、聞いてあげるよ」

なんでそこまでして、あの二人と同じ塾に行かなきゃいけないんだ。

四人一緒で、いつも二人がイチャついて。

俺と焼塩は被害者の会を結成して、帰り道で愚痴りあうのだ――。

「……なんかそれも楽しそうだな」

ごくごく普通の、そんな青春。

ふともれた言葉に、焼塩が目を輝かせて身を乗りだしてくる。

「でしょ？　四人でいつもつるんでさ。チハちゃんたちにいつも見せつけられるの」

「うわ、ツライ」

「きっと愚痴がはかどるよ。授業どころじゃないって」

「授業は聞こうって」

俺たちは顔を見合わせて、笑う。

ありそうでこなかった、そんな日々に向かって。

「焼塩は普通の青春して、恋とかするんだろ。俺と一緒じゃ彼氏できないぞ」

「んー、なんていうかさ。すぐに彼氏とか作ろうってんじゃないし」

焼塩は言葉を選ぶように視線を泳がす。

「あたしにとって光希は特別だったし、いまでもそれは変わらないの。だから、あいつより好きになれる人ができるまで――彼氏とかいいかなって」

「だからって、俺と一緒にいても仕方ないだろ」

「……でもさ。高校生活ってまだ2年あるじゃん」

不意に焼塩《やきしお》は椅子《いす》から腰を浮かせると、ベッドの端に座る。

ギシリ、とベッドが大きくきしみ、制汗剤と香水の香りが控えめに鼻をくすぐった。

焼塩は耳にかかる髪を指先で弄《もてあそ》ぶようにいじって、言った。


「2年もあれば、あたしの髪も伸びるかな……って」


──少し恥ずかしそうに目を伏せて。

焼塩が息をするたびに胸元のリボンが揺れて、ベッドがキシキシと音を立てる──。

「?　陸上部の部長さんはポニテだし、伸ばしたっていいんじゃないか」

なにげなく言った言葉に、焼塩の動きがとまる。

しばらく固まっていた焼塩は、ふーっと大きく息を吐く。

「焼塩？」

「……そーゆーとこだね、ぬっくんは」

焼塩はベッドから降りると、指を組んで伸びをする。

「どういうこと──」

「受験勉強していつかは彼氏できて。そんな未来もあったかなって、こと」

焼塩《やきしお》は軽い足どりで窓に歩み寄ると、大きくカーテンを開けた。

「約束だからね。陸上部はもちろん文芸部も辞めないよ」

午前の澄んだ陽の光が、焼塩の横顔をいろどるようにきらめかせる。

そして俺を振り向くと、子供のような明るい笑顔で言った。

「でね——あたし、短距離はやめて中距離に転向する」

「でもお前」

言いかけた俺に向かって、焼塩が首を横に振る。

「周りのこととか考えて動かなかったけどさ。あたし全力でわがままになるよ。わがままになって勝ちまくって、誰にも文句を言わせない。言われてもぶっ潰す」

笑顔のまま、焼塩は断言する。

「部活以外の青春はいらない。欲しくない」

それは自暴自棄《じぼうじき》でも開き直りでもない。

焼塩の深い茶色の瞳にあった、戸惑うような不安の光は完全に消えている。

「じゃあ、本格的に全国を目指すんだな」

「違うよ。あたし全国目指すとか言ってないっしょ」

焼塩は鼻で笑う。

「え、それなら」

「全国を獲《と》るんだよ。やれるから、あたし」

獲るってことは全国で1位をねらうってこと？　全一？

あまりの大風呂敷に呆気《あっけ》にとられる俺を、焼塩が真っすぐに指差した。

「だからぬっくんも、あたしから目を離すなって、ね」

◇

**文芸部活動報告　～特別号　八奈見杏菜《やなみあんな》『君に決めた』**

私はいつものコンビニの前に立っています。

だけど中には入れません。建物は看板が下ろされて、窓にはシートが張られているのです。

建物を見つめていると、誰かが話しかけてきました。

「あれ、A子さん。このコンビニつぶれたの？」

間の抜けた登場は××君です。やれやれ、彼はなんにも知りません。

私は昨日の夕方、この建物に新しい棚を運びこんでいるのを見たのです。

つまり改修が終われば、再びコンビニが開店するのです。

私は彼をあしらいながら、カバンから3種類のフライドチキンを取りだします。

××君は目を丸くしていますが、彼には分からないでしょう。

なぜなら道路沿いの大きな看板も降ろされているので、改修が終われば別のチェーン店が入る可能性があるのです。

だから私は早起きして、3つのチェーンで骨なしチキンを買ってきたのです。

食べくらべて、次にどのチェーンが入るのか予想しようと思います。

さっそくひとつ目です。

かじると口にスパイスの香りが広がります。ですが味も負けていなくて、香りが鼻を抜けたあとに口中に肉のうまみが広がります。はい、これに決めました。

決まりましたが、公正を期してふたつ目も審査します。

食べたとたんにザクリとした食感。上がったテンションを、ジューシーな肉汁がさらにぶち上げてきます。これです。これに決まってしまいました。

決まったとはいえ、みっつ目も食べないと冷めちゃいます。

見た目を裏切らないカリッとした歯触りにもかかわらず、キメ細かい衣が舌の上で踊ります。

かむたびに変わる食感と香りに私も夢中。これもきました。ガン決まりです。
・・・さて、全部に決まってしまいました。

仕方ないので二次審査を始めようとすると、××君が私をジッと見ています。

ひょっとして××君も食べたいのでしょうか。意地汚いです。

ですが彼はいつも食べ物をくれるので、たまには優しくしてあげましょう。

私が一口食べていいよと言うと、××君は首を横に振りました。

「俺、食べかけとか苦手だし。遠慮しとくよ」

なにこいつ。失礼な男です。

ムカついたので私は3つのチキンを重ねてかじりつきます。

王様の食を味わっていると、まだ××君が私を見ています。

「A子さんはここが閉店になったら、どこで朝ごはん食べるの？」

はい、家で食べます。

だってここに通いだしたのは○○君と一緒に学校に行くためで、彼はJ子ちゃんと付き合いだしたから、ここに来る意味はなくなったからです。

だけどなんだか不安そうにしている××君を見ると、私は楽しくなってきました。

私は彼を無視してチキンの残りを口に入れます。

このまま不安にさせときましょう。新しい店が開いたら、すべてが分かるのですから。

◇

勝負が終わった翌日は、3月最後の日曜日。

俺はツワブキ高校の南門の前で一人、流れる雲を眺めていた。

風はすでに春。

冬の残り香はどこにもなくて、有無をいわせず季節は進んでいる。

痛む身体《からだ》をおしてここに来たのは他でもない。

玉木《たまき》先輩と月之木《つきのき》先輩の二人が、豊橋《とよはし》を発つ前に顔を出すことになっているのだ。

「おー、早いね温水《ぬくみず》君」

言いながら並んできたのは八奈見《やなみ》だ。手に小さな短冊状の昆布を持ち、ガシガシかじっている。おそらくは第何次かのダイエット期間に突入し、おしゃぶり昆布を——。

「それ、ダシ用の昆布じゃない？　歯を痛めるぞ」

「フライドチキンだよ」

……はい？　二度見するが、八奈見がかじっているのは間違いなく昆布だ。

「ええと、夜中に壁から悪口とか聞こえたりしない？　平気？」

「聞こえんし。温水君、人は思いこみで熱くないスプーンでヤケドだってするの。信じれば昆布もフライドチキンであり、ビーフジャーキーでもあるんだよ」

その理屈で言えば、思いこみの力で昆布でも太るのではなかろうか。

昆布をガジりながら、八奈見が俺をジロリと睨《にら》む。

「……昨日、保健室で檸檬《れもん》ちゃんとなに話したの？」

「昨日電話で言わなかったっけ。中距離に転向して、本格的に上を目指すって」

「それは聞いたよ温水君。そういう話じゃないんだよ」

そういう話じゃなかったようだ。

八奈見は前歯でブチリと昆布をかみちぎる。

「檸檬ちゃんに頼まれて二人にしたけどさ、ホントにその話だけだったのってこと」

「他には普通の世間話しただけだって。別に話すようなことじゃないし」

「なんでもないなら言えるよね。温水君、抜け駆けＮＧだからね？」

……今回の八奈見、なんでこんなに面倒なんだ。

適当に八奈見をあしらいながら、保健室での焼塩《やきしお》を思いだす。

いつもとは少し違って。だけどそれもあいつの一部で。

あの日に触れたのは、焼塩という人間のほんの一部にしか過ぎなかったけど。

俺がもう少しだけ手を伸ばしたら、その先になにが見えたのだろう。

焼塩檸檬という女を、俺はまだ全然知らない――。

「……ねえ、やっぱなにかあったでしょ」

物思いにふける俺の顔を、八奈見がジト目でのぞきこんでいる。

「だからなにもなかったって。焼塩《やきしお》も今日来るんだろ。まだかなー」

「それなにかあった時の態度だよねっ?!」

厄介《やっかい》娘を無視していると、校舎の方から小柄なツワブキ生が歩いてくる。小鞠《こまり》だ。

「お、お前らなに騒いでる」

「小鞠ちゃん聞いてよー！　温水《ぬくみず》君、昨日やっぱなんかあったんだよ！」

まとわりつく八奈見《やなみ》に向かって、小鞠はフフンと鼻を鳴らす。

「あ、安心しろ。ぬ、温水は甲斐性《かいしょう》なし、だ」

「……それもそうだね。温水君だし」

急に深く納得する八奈見。なんか釈然《しゃくぜん》としない。

「小鞠、焼塩は見たか？」

場の空気を変えようとたずねると、小鞠はコクリと頷《うなず》く。

「や、焼塩は部誌、製本してるから。終わり次第、くる」

「檸檬《れもん》ちゃん、原稿書けたんだ！」

八奈見はホッとしたように手を合わせる。

そう、先輩たちに渡す部誌に焼塩も寄稿《きこう》することになり、その原稿の完成を待っていたのだ。

どうなることかと思ったが、ギリギリ間に合いそうだな……。

「ねえ、先輩たち来たよ！」

八奈見が手をブンブンと振る。

視線を追うと、道路から入ってきた一台のミニバンが俺たちの前で止まった。

「みんな見送りご苦労さん！」

元気よく言いながら運転席から月之木《つきのき》先輩が下りてきた。

ストレートのデニムに無地の襟《えり》付きシャツ姿。首にはタオルをかけている。

「古都《こと》、ちゃんとお礼を言えって。みんな集まってくれてありがとな」

助手席から降りてきた玉木《たまき》先輩が、その後ろでヤレヤレと肩をすくめる。これが後方彼氏ヅラというやつだ。彼氏だけど。

小鞠と八奈見が月之木先輩とハグしてるのを横目、玉木先輩と軽く手を合わせる。

「聞いたぞ温水、焼塩さんに勝ったらしいな」

「ハンデ付きですから。お情けですよ」

玉木先輩は女性陣の様子をうかがうと、俺に顔を寄せてくる。

「二人の間になにがあったかまでは聞かないけどさ――」

「なにもなかったですよ？」

「お前たちが納得したのならよかったよ。なにがあったかは聞かないぜ？」

「だからなにもなかったですよ？」

……納得か。焼塩が俺との勝負を通じて、なにを手に入れたのかは分からない。

勝ち負けの世界にいる以上、誰かを傷付けたり奪ったりは避けられない。

その相手が自分の大切な人なこともあるだろう。

それでも、あいつは続けることを選んだのだ。

「温水《ぬくみず》、みんなのこと頼んだぞ」

玉木《たまき》先輩はそう言って俺の背中を叩《たた》く。焼塩《やきしお》とは違って音だけで痛くない叩き方。

「先輩こそ、彼女が暴走しないように頑張ってください」

「それは自信ないな」

俺たちは顔を見合わせて笑い合う。

先輩たちとはきっとこれからも会うのだろう。

でも同じ高校に通っていた時間はもう終わって、一人の人間同士として顔を合わせる。

いままでとは違う関係をもう一度積み直すのは不安だが、少し楽しみでもある。

「そういえば焼塩さんはまだ来てないのか？」

「えーと、あいつは少し用があって遅れて……」

辺りを見渡すと、校舎の向こう側でスズメが飛び立つのが見える。

と、近くでもう一度スズメが飛び立ったかと思うと、校舎の陰から焼塩が飛びだしてきた。

瞬く間に駆け寄ってきた焼塩は、ホッチキス止めをした冊子を差しだす。

「お待たせしました！　これ、先輩たちだけに作った部誌です！」

額を流れる汗を光らせ、それ以上に輝く笑顔で。

「わざわざ作ってくれたの？　私たちのために？」

月之木《つきのき》先輩が信じられないとばかりに、恐る恐る部誌を受けとる。

「玉木先輩もどうぞ！」

「ありがと。うわ、なんか嬉しいな」

部誌を開こうとした月之木先輩が、眼鏡をはずして目元をぬぐう。

「あーもう、泣かないようにしてたのにさ。最後の最後にやられたわ」

潤む瞳で目次を眺めた月之木先輩から表情が消える。

「…………小鞠《こまり》ちゃん、まさかまた太宰《だざい》の逆カプ書いてない？」

「え、えへへ……書いちゃった」

照れ笑いする小鞠。月之木先輩はニタリと邪悪な笑みを浮かべる。

「小鞠ちゃん。この小説については今度あらためて、じーっくり話し合いましょう」

「よ、喜んで」

負けじと悪い表情をする小鞠。

月之木先輩は腕時計をチラリと見てから、俺に向き直る。

「それじゃ温水部長、文芸部のことは頼んだよ。私は新天地で留年《りゅうねん》におびえる日々を始めるわ」

「留年はともかく、新生活が楽しみですね」

俺のなにげない言葉に、月之木《つきのき》先輩は少し困ったような顔をする。

「正直、不安の方が大きいけどね。豊橋《とよはし》を離れる決心がついたのも、秋ごろだったし」

「え、そうなんですか？」

「そうよ、私こう見えて地元が好きだもの。ずっとここにいて、あいつまた来たよとか言われながら部室に出入りなんかしてさ。そういうのもいいかなって思ってたけど――」

月之木先輩は、ゆっくりと俺たちの顔を見回す。

「なんかみんなを見てたら、私も目標のために頑張ろうって思えたの。先輩として、恥ずかしくないようにってね」

冗談めかせて笑おうとした月之木先輩は、そのまま真面目な表情で顔を伏せる。

その肩に玉木《たまき》先輩が手を置いた。

「古都《こと》、そろそろ行かないと。みんな、部誌は楽しみに読ませてもらうよ」

「そうね、あんまり時間ないか。みんなありがとう。引っ越しが終わったら、じっくり読ませてもらうわ」

顔を上げた月之木先輩は、いつものような人を食ったような笑顔。

手を振りながらミニバンに乗り込もうとした先輩は、振り向くと俺たちをビシリと指差した。

「みんな、卒業なんてあっという間よ！　後悔しないように好きにやんなさい！」

あわただしくその場を去るミニバンを見送ると、俺たちは言葉もなくその場に立ちつくす。

二人がここにいたのは10分足らず。

だけどそれで色々なことが綺麗《きれい》に終わったような、そんな気がする。

「さーて、ひとっ走りしてこようかな。八奈《やな》ちゃんもいっしょにどう？」

沈黙は焼塩《やきしお》の唐突なセリフで破られた。

２枚目の昆布をかじっていた八奈見《やなみ》が目を丸くする。

「なんで私?!」

「昆布食べてるってことはダイエットでしょ？　やせるには走るのが一番だよ」

「走るとか無理だって。最近ちょっと、ヒザが痛むんだよ」

八奈見、ついにヒザをやったか。

ワチャつく二人からさりげなく距離をとっていると、俺より先に避難した小鞠《こまり》が目に入る。

俺はさりげなく近付くと、こっそりと小さな紙包みをさしだす。

「な、なに……？」

「明日が小鞠の誕生日だろ。俺の時ももらったし」

「うえっ?!　あ、あの」

驚く小鞠に紙包みを押し付けると、照れ隠しに目を逸《そ》らす。

「ただのキーホルダーだけど。星の砂が入ってるからビンを開けるなよ」

「あ、ありが……」

小鞠《こまり》はモソモソと呟《つぶや》くと、そのまま動かなくなる。

分からんが、喜んでくれてる――のかな。

照れくさいので離れようとすると、小鞠が指で上着の裾《すそ》をつかんでくる。

「……なに？」

「え、えと、私は怒ってる、から」

やっぱ誕生日に焼塩《やきしお》とのデートで買ってきたお土産《みやげ》はまずかったか。

プレゼントの一人反省会をしていると、小鞠はうつむいたまま指先に力をこめる。

「か、勝手に変な勝負受けて、負けたら退部とか」

あ、そっちか。

「でも勝ったから――あ、はい。ごめんなさい」

今回ばかりは責められても仕方ない。

素直に謝ると、小鞠は不貞腐《ふてくさ》れたように呟く。

「う、浮気は今回だけ、だぞ」

今回のは未遂だと思うんだけどな。帰宅部、入らなかったんだし。

とはいえこんな時は沈黙するに限る。黙って上着をつままれてると、俺たちを見つめる剣呑《けんのん》な視線に気付く。

「なに二人でコソコソしてるのよ。浮気ってどういうこと？」

「文芸部の話だって。な、小鞠？」

さらりと小鞠にバトンを渡す。

これでいつものように俺に悪態《あくたい》をついてくれれば、よけいな勘繰《かんぐ》りをされずに――。

「ひ、人に言うようなことじゃない、から……」

モジモジモジ。なぜか照れたように指をこねくりまわす小鞠。

おい、なんでそんな思わせぶりな態度をとるんだ。

顔色が変わる八奈見《やなみ》に、後ろから焼塩が覆いかぶさる。

「ぬっくん浮気したの？　あたしと？　昨日のあれ、浮気だったんだ！」

「はっ⁉　焼塩なに言ってんだ⁉」

焼塩の妄言《もうげん》に、八奈見の顔色がさらにおかしなことになる。

「やっぱ保健室でなにかあったの⁉　抜け駆けしたんだ温水《ぬくみず》君！」

「だからなにもないって！　焼塩、なにもなかったよな？」

話を振った瞬間――俺は敗北をさとった。

八奈見の肩越し、焼塩が悪戯《いたずら》っぽい表情を浮かべる。

「いやー、あたしも人に言うようなことじゃないかなって。二人だけの秘密にしとかない？」

ニヤニヤ笑いながら言う焼塩。

それを聞いた小鞠が、上着の裾をぐしゃりと握る。

「……し、死ね」

こいつら俺になんの恨みがあるのだ。

八奈見《やなみ》は昆布の切れ端を俺の顔に突きつける。

「温水《ぬくみず》君、自白するならいまのうちだよ?」

「さ、さっさと吐いて、死ね」

「ぬっくん、秘密は墓場まで持っていくから安心してよ」

3人の厄介《やっかい》娘に囲まれながら、俺は思わず空を見上げる。

ワタのような雲が地上の喧騒《けんそう》をのんきに見下ろしている。

俺は流れる雲を眺めながら、こっそりと溜息《ためいき》をつく。

……この先、俺一人でこいつらの面倒を見るのか。

勝負、負けときゃよかったかもしんない。

**文芸部活動報告　～特別号　焼塩檸檬《やきしおれもん》『トコトコトコ』**

トコトコトコ
私は速く走ります
おともだちよりもパパよりも　私がいちばん速いです

ふりむくとママがたくさん笑っています
嬉しくなったからもっと走って　もっと速くなりました

トコトコトコ
もっと笑ってもらおうと　街でみんなと走りました
速い人がたくさんいたけど　私が一番になりました
ふりむいたらみんなも笑ってたから　嬉しいのでもっとがんばります

トコトコトコ
もっとみんなに笑ってほしくて　大きな街で走りました
だけど大きな街には　私より速く走る人がたくさんいました

負けたくないからたくさん走ったけど　みんなは私をどんどん追い抜きます
がんばってもがんばっても　みんながどんどん私を追い抜きます

もう怖くてふりかえることができません

もしみんなが笑っていなかったらどうしよう
そう思うと怖くて走れなくて涙がぽろぽろでてきました

木の下で泣いていると　亀さんが私に勝負を挑んできました
私よりずっと遅いのに　亀さんは私に挑んできます
何度負けても挑んでくるから　負けるのが怖くないかと聞きました

怖いけど　君が泣いてるから走るんだと言いました

何度も亀さんと一緒に走っているうちに　涙もすっかり乾きました
気がつけばまた一人で　走れるようになりました

私は後ろを見るのはやめました
怖いからではありません　見なくても分かるんです
みんながずっと　私の背中を押してくれてたって

だから私は真っすぐ走ります
トコトコトコって

# エピローグ　ツワブキ高校2年生

4月最初の平日。短い春休みも終盤。

俺はツワブキ高校西校舎の廊下を、部室に向かって歩いていた。

新歓に向けた打ち合わせを行うのだ。

まずは新学期早々に行われる部活紹介の準備だ。体育館に集まる1年生の前でステージに上がってアピールをするのだが、俺と小鞠《こまり》では事故るのは間違いない。

残るはスクールカースト上位の二人だが、焼塩《やきしお》は陸上部に復帰して、正式に中距離に転向したらしい。

全国を獲るとまで言ったのだ。文芸部に顔をだすヒマもなくなるだろうし、その状態で部員としてアピールするのは誠実ではないだろう。

そんなことを考えているうちに部室に着いた。俺は気合を入れ直して扉を開ける——。

「八奈《やな》ちゃん、なんであたしのプロテイン飲んでるの?!」

「これ飲むとやせるんでしょ?　チョコ味で美味《おい》しかったよ」

「飲んでもやせないよ?!」

……焼塩のやつ、普通にいた。

なんか知らんがプロテインのボトルを八奈見《やなみ》と取りあってるぞ。

「えーと、二人ともなにやってんの」

俺に気付いた二人が、グリンと顔を向けてくる。

「八奈ちゃんがあたしのプロテイン飲んじゃうんだよ！　ぬっくんからもなんか言ってよ」

「焼塩、部室に食べ物置いちゃダメだって。八奈見さんが全部食べちゃうから」

部室のすみで本を読んでいた小鞠がウンウンと頷《うなず》く。

「待って、私を部室の妖怪かなにかだと思ってるの？　全部は食べないからね、全部は」

全部食べなきゃいいってもんじゃないぞ。

「それに陸上部にも部室があるだろ。プロテインはそっちに置いとけばいいじゃん」

と、焼塩が椅子《いす》を倒しながら立ち上がる。

「聞いてよぬっくん！　陸上部のみんながひどいんだよ！」

え、なんだなんだ。やっぱサボってたから、イジメにでもあっているのか。

緊張する俺に向かって、焼塩が口をとがらせて告発を始める。

「陸上部って、名前を書いてないプロテインを放置してたら、好きに飲んでいいってルールがあるの。これ買ったばっかなのに、もう半分いかれちゃったんだって！」

「名前を書いて、ロッカーに入れておけばいいのでは……？」

俺の正論に、焼塩は腕組みをして難しそうな顔をする。

「そういう問題じゃないんだよ。プロテインはね、もっと自由で自分勝手に、身体《からだ》の欲するまま摂取《せっしゅ》しないと――」

「あ、バニラもあるんだ。粉のままでもわりといけるね」

「粉のままはダメだよ?!」

八奈見《やなみ》、なんて自由で自分勝手なんだ……。

俺は粉騒動が落ち着くのを見計らい、3人を見回す。

「えーと、早速だけど新歓の相談をしていいかな。部活紹介のアイデアなんだけど」

口元に粉をつけながら、八奈見が目をパチパチさせる。

「なんか変わったことするの?」

「ああ、俺に考えがあるんだ。えーと、確かここに……」

俺はカバンから紙袋を取りだすと、八奈見に手渡す。

「なにこれ」

「八奈見さん、まずはそれをかぶってくれないか」

「なんで?」

そうくるか。とはいえそれも計算のうちだ。

俺は用意しておいたサラダチキンのパックを八奈見の前に置く。

八奈見は頷《うなず》くと、チキンをポケットにしまってから紙袋をかぶる。意外と似合う。

「……で、なんなのこれ」

「八奈見さんにはこれで部活紹介に出てもらおうと思って。みんなはどう思う？」

小鞠《こまり》と焼塩《やきしお》が紙袋を凝視する。

「リ、リボンとかつけるのは、どうだ」

「寄せ書き風にメッセージはどう？」

「それいいな。両方とも採用しよう」

アイデアをメモ帳に書きこんでいると、八奈見が紙袋を勢いよく脱ぎ捨てる。

「待って、なんで私が紙袋かぶって出ないといけないの?!　私って放送禁止?!」

「文芸部って普通、陰キャしか入らないだろ。そこに八奈見さんが顔を出すと――」

「出すと？」

……正直に言うとこいつが調子にのるぞ。俺は咳払《せきばら》いをして間をおく。

「ほら、八奈見さんは文芸部の秘密兵器だろ？　むしろ見せない方が興味を引くというか」

「私なら、そんな部活ぜったい近付かないけど……？」

「文芸部に入りたがる人なんて、そんなもんだって。できれば新歓期間中はずっとかぶっててくれないか」

「イヤですけど?!」

説得に失敗した。やむを得ない、こうなったら部長として俺が紙袋を――。

「でも思ったより、かぶり心地悪くないよ。あはは、なんも見えないや」

焼塩《やきしお》、なぜかぶってる。

いや待てよ、焼塩が紙袋で正体を隠せば、陸上部への不義理にならないはずだ。

「じゃあ焼塩がそれかぶって出てくれないか？　八奈見《やなみ》さんはステージ袖《そで》でカスタネットでも叩《たた》いててくれれば――」

「……待って、私もかぶる」

え、なんでだよ。八奈見は焼塩の紙袋を外すと、小鞠《こまり》にかぶせる。

「うなっ?!」

「面倒だし、みんなで紙袋かぶって出ようよ。うん、そうしよう」

いやそれはおかしいだろ。人のことは言えないが。

八奈見のトンチキ発言に手を叩いて同意するもう一人のトンチキ娘。

「それ面白いじゃん！　じゃあ来年は仮面文芸部で決まりだね！」

「か、仮面文芸部って、なに――わきゃ！」

紙袋をかぶったまま立ち上がった小鞠が、つまずいてすっころぶ。

相変わらず悲鳴だけは可愛《かわい》いなあと思いつつ、俺はかえって冷静になって椅子《いす》に座った。

――4月から文芸部は2年生だけの部としてスタートをきる。

先輩たちから受け継いだ文芸部。

うまくいくのか少しばかり不安だが、これまでどうにかなってきたのだ。

きっと俺たちなりにそれなりに、どうにかやっていくのだろう。

願わくば次の代に引き継げれば——。

と、いきなり視界が闇に覆われた。


「温水《ぬくみず》君、結構似合うじゃん」

「だね。ぬっくん、かぶりこなしてるよ」

「い、一生かぶってろ」


……なるほど。紙袋って、かぶると結構落ち着くな。

俺は周りで写真撮影を始めた文芸部ガールズたちの声を聞きながら、こっそりと溜息《ためいき》をつく。

これから始まる2年生の日々、いままで以上に苦労しそうな——そんな気がする。

# あとがき

マケインがついにアニメ化決定です！

ここまで作品を育ててくれた読者の皆様には、お礼の言葉もありません。

スタッフの皆様ともお話させて頂いていますが、素晴らしいものが出来上がるのは間違いないので楽しみに待っていてください！


では、あらためてこれまでの謝辞《しゃじ》を。

みなさんご存じのとおり、ラノベはイラストもあわせて一つの作品です。

文章とイラストを担当さんが一冊の本に編み上げて、皆さんのお手元に届きます。

2巻の頃まで八奈見《やなみ》のことを『正統派ヒロイン』だと信じて疑わなかった私に、これまで辛抱強く付き合ってくれた担当の岩浅《いわあさ》さん。

登場人物に最高の姿を与えてくれて世界を鮮やかに描きだしてくれた、いみぎむる先生。

お二人には一生、頭が上がりません。

そして刊行を支えてくれた編集部の皆様。

いつも細かな確認をして下さる校正の方や、素敵なカバーや帯を作りあげるデザインの方など、多くの方に支えられてこの一冊が出来あがっています。

それが印刷されて多くの流通を経て店頭に並び、支えてくれる読者の手に届く――。

ひとつひとつが繋《つな》がって、今回のアニメ化が実現したのだと思います。

すべての関係者の皆様に心からの感謝を。


そして三河《みかわ》の皆様の温かいご支援にも、心から感謝いたします。

高校生の頃、学校帰りに毎日のように寄った精文館《せいぶんかん》書店にマケインが並んでいる光景は、夢のようでした。

そんな奇蹟が繋がり、ＪＲ東海コラボの第２弾が２０２４年に開催決定しました！

これも第１弾を成功に導いてくださった参加者の皆様と、企画・運営なさった関係者の皆様の熱意が呼び込んだものです。

楽しいイベントになりますので、みなさまも豊橋《とよはし》に遊びに来てください！

メロンブックスさんとアニメイトさんのマケインコーナーの展開もとても素敵なので、遊びに来た時にはぜひ見てくださいね！


さて、恒例の巻末ＳＳです。

ツワブキ高の片隅で、出会ってはならない二人が出会います……。

# ナイショ×ナイショ

春休みのツワブキ高校。

夕陽が差しこむ放送室で、二人の女生徒がテーブルを挟んで座っていた。

一人はツワブキ校のものではない、ワンピースの制服を着ている。

「お招きありがとうございます、先輩」

ペコリと頭を下げたのは——桃園《ももぞの》中学2年、温水《ぬくみず》佳樹《かじゅ》。

首からかけた『臨時入構証』と書かれたカードが揺れる。

「私こそ、佳樹さんと一度ゆっくり話したかったんです。冷めないうちにお茶をどうぞ」

オデコをキラリと光らせながら、佳樹に紅茶を勧めたのは——朝雲《あさぐも》千早《ちはや》。

佳樹はマグカップの紅茶をすすると、興味を隠し切れないように放送室を見回す。

「朝雲先輩は放送部なんですか?」

「違いますけど、色々とお手伝いをしているんです。おかげで部屋の鍵をもらって——」

朝雲は立ち上がると棚から一抱えもある大きな冊子を取りだし、ドサリとテーブルに置く。

冊子の表紙を見て、佳樹が不思議そうに首をかしげる。

「これは……配線図ですか?」

朝雲は興奮気味に頷《うなず》くと、腕を一杯に伸ばして配線図の冊子を開く。

「これにはツワブキ高校全体の、電気と音響の配線が網羅《もうら》されています！」

大きく息を吸うと、早口で言葉を繋《つな》げる朝雲。

「調査事業において電源の確保にはいつも頭を悩ませるのですが、これがあればすべて解決するんです！　しかも年代別に図面を見比べると、現在使われていない配線がいくつもあることが判明しました！　それを利用してスピーカーをマイクに改造すれば――」

朝雲は言葉を切ると、自分のオデコをペチンと叩《たた》く。

「……あら、ごめんなさい。つい夢中になって一人で話してしまいました」

反省した表情で座り直した朝雲に向かって、首を横に振る佳樹。

「いえ、先輩の話にとても興味があります。ぜひ色々と教えてくれませんか？」

朝雲の顔がパッと輝く。

「喜んで！　ですが、もちろん悪用は厳禁ですよ？　私がしているのは、ちょっとばかり耳の数を増やすだけで、決してそういった用途ではありません」

「はい、先輩がそんな方でないのは存じてます。そういえばこれ、忘れ物ではないですか？」

佳樹はテーブルに『№３』と書かれた小さな黒いチップを置く。

それを凝視したまま、しばらく固まる朝雲。

「あら、どこにいったかと思っていました。よく見つけ――どこにあったんですか？」

「はい、桃園《ももぞの》中の園芸部の温室で偶然見つけました」

「偶然って不思議ですね。うずらサブレもありますよ。召しあがりになりますか？」

「はい、いただきます」

無言の笑顔で、うずらサブレを食べる二人。

ザクザクした食感とメープルの香りが、熱い紅茶によくあう。

「……朝雲《あさぐも》先輩、すでにツワブキの中に耳は設置したのですか？」

「ええ、試験的にいくつか。もちろん、そういった用途ではありませんけど」

再び無言で笑顔を交わす二人。なにしろそういう用途ではないのだ。

「例えばなんですけど。佳樹《かじゅ》が放送室に来るまでどこでなにをしていたとか、ご存じだったりします？」

「私も耳に届いた分しか知りませんよ。……そうですね、佳樹さんはここに来る前に生徒会室に寄りましたね？」

「はい、聞こえちゃってましたか」

照れたように舌を出す佳樹。

「そこで副会長の馬剃《ばそり》さんと話をして、中庭でツワブキの男子生徒に告白されて断ってから、西校舎に向かって――」

朝雲さんは笑顔で佳樹に問いかける。

「……誰もいない文芸部の部室にしばらくいましたね。なにをされていたのでしょうか？」

しばしの沈黙。佳樹は口元だけで笑ってみせる。

「ちょっと、うたた寝を。最近寝不足だったので」

「あら、それはいけませんね」

「はい、気をつけますね」

ニコニコニコ。笑顔で紅茶を飲む二人。

「でも、佳樹が真似をするには少し難しそうですね。佳樹はアブダクションの手法を少し嗜《たしな》んでいますが、なかなか先輩みたいにはいきません」

「逆行推論――ですか。興味ありますね。例えば私を見てなにか気付きますか？」

好奇心で瞳を輝かせる朝雲を、佳樹がジッと見つめる。

「朝雲先輩、昨日は……塾の講義の間に彼氏さんとご飯に行きましたね？」

「ええ、昨日の晩は確か――」

言いかけた朝雲に、佳樹が言葉をかぶせる。

「勢川《せがわ》本店のカレーうどん、美味《おい》しいですからね」

「……なんでご存じなんですか？」

リスのように目を丸くする朝雲に、佳樹が微笑《ほほえ》みかける。

「だって朝雲さんのリボン、カレーの染みが付いてますよ？」

朝雲《あさぐも》は慌てて胸元に視線を落とす。が、リボンには染み一つない。

「……佳樹《かじゅ》さん？」

「うふふ、冗談です」

しばしの沈黙。朝雲が笑顔で頷《うなず》く。

「なんだ、冗談なんですね」

「はい、冗談です。佳樹、先輩と同じ塾にお友達がいるだけです」

「ふふ、びっくりしました。佳樹さん、お茶のお代わりでもいかが――」

言いながら立ち上がった朝雲が、再び表情を揺らがせる。

その視線を追った佳樹が、ポンと手を叩《たた》く。

「アンプの電源がつけっぱなしだったので、部屋に入った時に切らせてもらいました」

「あら、どうもありがとうございます。うっかりしてました」

「うっかり会話を全部録音しちゃうところでしたね」

「はい、しちゃうところでした。ふふっ」

ウフフフ……。完全防音の放送室に響く、楽しげな笑い声。

朝雲が湯気の立つ紅茶をマグカップに注ぐ。

「佳樹さん、私たちお友達になれると思いませんか？」

「はい、朝雲先輩。佳樹もそう思います」

朝雲が笑顔で差しだした手を、佳樹が握り返す。
春休みのツワブキ高校の一角で、こうしてまた一つ友情の花が咲いた――。

負けヒロインが多すぎる！@comic
漫画はいたち先生が担当！
（『僕は友達が少ない』など）
好評連載中!!

1
負けヒロインが多すぎる！
@COMIC
漫画 いたち
原作 雨森たきび
キャラクター原案 いみぎむる
コミックス
第1~2巻
発売中!!!!
「負けヒロインが多すぎる！@comic」
漫画：いたち
原作：雨森たきび
キャラクター原案：いみぎむる
マンガワンにて

# GAGAGA

## ガガガ文庫

# 負けヒロインが多すぎる！6

雨森たきび

発行　2023年12月23日　初版第1刷発行
　　　2024年11月30日　　　第6刷発行

発行人　鳥光 裕

編集人　星野博規

編集　岩浅健太郎

発行所　株式会社小学館
〒101-8001 東京都千代田区一ツ橋2-3-1
［編集］03-3230-9343 ［販売］03-5281-3556

カバー印刷　株式会社美松堂

印刷・製本　TOPPANクロレ株式会社





Printed in Japan ISBN978-4-09-453164-0

# 第20回小学館ライトノベル大賞
# 応募要項!!!!!!!!!!!!!!!!!!!!!!!!!!!!!!

## ゲスト審査員は裕夢先生!!!!!!!!!!!!!!!!

## 大賞：200万円＆デビュー確約
## ガガガ賞：100万円＆デビュー確約
## 優秀賞：50万円＆デビュー確約
## 審査員特別賞：50万円＆デビュー確約

**第一次審査通過者全員に、評価シート＆寸評をお送りします**

**内容** ビジュアルが付くことを意識した、エンターテインメント小説であること。ファンタジー、ミステリー、恋愛、ＳＦなどジャンルは不問。商業的に未発表作品であること。
（同人誌や営利目的でない個人のWEB上での作品掲載は可。その場合は同人誌名またはサイト名を明記のこと）

**選考** ガガガ文庫編集部＋ゲスト審査員裕夢

**資格** プロ・アマ・年齢不問

**原稿枚数** ワープロ原稿の規定書式【１枚に42字×34行、縦書き】で、70～150枚。

**締め切り** 2025年9月末日 ※日付変更までにアップロード完了。

**発表** 2026年3月刊『ガ報』、及びガガガ文庫公式WEBサイト GAGAGA WIREにて

**応募方法** ガガガ文庫公式WEBサイト GAGAGA WIREの小学館ライトノベル大賞ページから専用の作品投稿フォームにアクセス、必要情報を入力の上、ご応募ください。

※データ形式は、テキスト（txt）、ワード（doc、docx）のみとなります。
※同一回の応募において、改稿版を含め同じ作品は一度しか投稿できません。よく推敲の上、アップロードください。
※締切り直前はサーバーが混み合う可能性があります。余裕をもった投稿をお願いします。

**注意** ○応募作品は返却致しません。○選考に関するお問い合わせには応じられません。○二重投稿作品はいっさい受け付けません。○受賞作品の出版権及び映像化、コミック化、ゲーム化などの二次使用権はすべて小学館に帰属します。別途、規定の印税をお支払いいたします。○応募された方の個人情報は、本大賞以外の目的に利用することはありません。